별빛이 떠난 거리

코로나 시대의 뉴욕 풍경

별빛이 떠난 거리

코로나 시대의 뉴욕 풍경

빌 헤이스
고영범 옮김

낸시 밀러를 위하여
그리고 웬디 웨일을 기억하며

물론 걱정하지 않는 건 쉬운 일이 아니었어.

누구나 다 걱정했지.

하지만 공황 상태에 빠질 정도는 아니었어.

왜냐면 맥스가 쿠엔틴한테 말한 것처럼 기다리는 것,

희망을 가지는 것 말고는 할 수 있는 게 없었거든.

기다리고, 조심하기 시작하는 것,

조심하고 희망을 품는 것….

수전 손택

"지금 우리가 사는 법The Way We Live"〈뉴요커〉(1986)에서

우리는 지금 어떻게 살고 있나

우리는 서로 1만1천 킬로미터나 떨어진 나라에 살지만 저는 한국 독자들에게 오래전부터 특별한 친밀함을 느꼈습니다. 특히 코로나19 팬데믹의 한복판에 있는 지금, 알마에서 출간하는 《별빛이 떠난 거리》 한국어판을 통해 함께할 수 있다는 사실에 깊은 감사를 느낍니다.

이 책을 내는 건 제 인생에서도 가장 박진감 넘치고 충만한 예술적 도전이었습니다. 이 책에서 팬데믹이 발생한 초기의 나날을 실시간으로—산문과 사진을 통해서—포착하고자 했고, 한 사람의 삶이 문자 그대로 하룻밤 새에 어떻게 달라질 수 있는지를 전하고 싶었습니다. 이 책의 내용 대부분은 올해 3월 중순부터 5월 중순에 걸친 가장 긴박했던 두 달 동안 쓰고 찍은 것들입니다. 책이 인쇄되기 직전인 6월 초에 저는 짧은 에필로그를 추가했고, 그래서 이 책에는 팬데믹이 발생한 첫 백 일가량이 담겼습니다.

지금의 이 끔찍한 상황으로부터 의미 있고, 아름답고, 솔직하고, 그리고 가급적이면 보편적으로 공유할 수 있는 무언가를 만들어보겠다는 목표를 가지고 매일 밤낮으로 매달릴 수 있었던 이 작업이 제게는 큰 선물이었습니다. 이 책을 위한 작업을 하는 동안 아주 자연스럽게 팬데믹 이전의 뉴욕에서의 삶—지하철에서의 특별한 일화와 거리의 독특한 인물들과의 만남 혹은 대화 같은 것들—이 다시 떠올랐습니다. 그 뉴욕은, 최소한 지금 돌이켜 보자면, 대부분 사라졌습니다. 제가 느끼기에는 지금은 사라진 그 이야기들을 포함시키는 게 무척 중요했습니다. 지난날을 낭만화하기 위해서가 아니라, 우리를 둘러싼 것들이 얼마나 빨리 변할 수 있는지 그리고 우리가 삶의 이런 다양한 모습들을 얼마나 당연한 것으로 받아들여왔는지를 상기시키고 싶었기 때문입니다. 우리가 매일의 삶에서 어떤 것들에 가장 깊이 가치를 부여하는지 생각해보면, 이 위기가 지난 뒤 조금 더 사려 깊게 삶을 회복하고 재건할 수 있을 것입니다.

언젠가 한국을 방문하게 될 날을 고대하고 있습니다! 그 날이 오기 전까지는 뉴욕에 있는 제 집에서나마 알마 출판사에 깊은 감사를 드리고 한국의 모든 분들께 축원의 인사를 올립니다.

빌 헤이스

차례

*

1

한 해 전의 이야기. 나는 내가 살고 있는 곳에서 멀지 않은 허드슨 스트리트를 걸어가고 있다.

아주 검은 수염을 길게 기르고 아름답게 차려입은 젊은 사내와 마주친다. 당신 사진을 찍어도 되겠냐고 그에게 묻는다. 사내는 즉시 거절한다.

하지만 우리 대화는 계속된다. 사내는 터키에서 온 작가라고, 이야깃거리를 찾으러 왔다고 말한다.

"그래서, 뭔가 찾았나요?"

"예, 지금은 이게 이야기예요." 사내가 곁눈으로 보면서 말한다.

나는 웃음을 터뜨린다. "나도 마찬가지예요."

악수를 나누고 나는 사내에게 내 이름을 말해준다.

"난 예프게니요." 사내가 말하고는 빠른 걸음으로 앞서 나가기 시작한다. "자, 좋은 하루 보내시길."

"좋은 하루 보내길, 예프게니."

부두에서 탱고를 추는 사람들
2019년 7월 10일

2

지금, 나는 이 시간들에 대해 생각한다:

내가 마지막으로 낯선 사람과 악수를 나눴던 시간.

내가 마지막으로 사람들이 춤추는 모습을 봤던 시간.

내가 마지막으로 사람들이 미소 짓는 모습을 봤던 시간.

내가 마지막으로 아이들이 노는 소리를 들었던 시간.

내가 마지막으로 8번 애비뉴에서 차량 행렬을 봤던 시간.

내가 마지막으로 헬스클럽에 갔던 시간.

내가 마지막으로 수영을 했던 시간.

내가 마지막으로 지하철을 탔던 시간.

내가 마지막으로 비행기를 탔던 시간.

별빛이 떠난 거리

내가 마지막으로 영화관에 갔던 시간.

내가 마지막으로 연극을 보러 갔던 시간.

내가 마지막으로 누군가를 웃게 했던 시간.

내가 마지막으로 누군가에게 저녁 식사를 준비해줬던 시간.

내가 마지막으로 누군가와 키스를 했던 시간.

내가 마지막으로 누군가와 잤던 시간.

내가 마지막으로 누군가를 덮쳤던 시간.

내가 마지막으로 누군가가 나를 덮치게 했던 시간.

내가 마지막으로 대마초를 나눠 피웠던 시간.

내가 마지막으로 택시를 탔던 시간.

내가 마지막으로 우버를 탔던 시간.

내가 마지막으로 버스를 탔던 시간.

내가 마지막으로 식당에 갔던 시간.

내가 마지막으로 브런치를 먹으러 갔던 시간.

내가 마지막으로 아무 두려움 없이 식료품점에 갔던 시간.

내가 마지막으로 머리를 자르러 갔던 시간.

내가 마지막으로 바에서 술을 마셨던 시간.

내가 마지막으로 누군가와 같이 목욕을 했던 시간.

내가 마지막으로 14번 스트리트의 음식 노점을 봤던 시간.

내가 마지막으로 사람들로 붐비는 인도를 봤던 시간.

내가 마지막으로 집 앞 계단에 나와 앉은 사람들을 봤던 시간.

내가 마지막으로 담배 가게에서 알리를 봤던 시간.

내가 마지막으로 내 가족 중 누군가를 봤던 시간.

내가 마지막으로 친구들을 직접 만났던 시간.

내가 마지막으로 헤일리를 만났던 시간.

내가 마지막으로 내 상담 의사를 그의 진료실에서 만났던 시간.

내가 마지막으로 자동차 경적 소리를 들었던 시간.

내가 마지막으로 아무 걱정 없이 누군가와 같이 엘리베이터를 탔던 시간.

내가 마지막으로 마스크나 장갑을 끼지 않고 밖에 나갔던 시간.

내가 마지막으로 두려움을 느끼지 않았던 시간.

내가 마지막으로 지금 같은 두려움을 느끼지 않았던 시간.

내가 마지막으로 사랑에 빠졌던 시간.

8번 애비뉴
2019년 12월

3

크리스마스였다. 바로 지난 크리스마스—내가 마지막으로 사랑에 빠져든 때. 당분간일 거라고 생각했다. 정말 그랬다. 하지만 그렇다고 해서 그 진실성이 조금이라도 훼손되는 건 아니다. 나는 언제나 첫눈에 사랑에 빠지는 유형의 인간이었고, 그건 지금도 그렇다.

연말연시가 다가오면서 이 크리스마스 시즌을 명절로—지난 몇 해 동안 이 무렵만 되면 우울했기 때문에—지내지 말고 그냥 일을 하면서 보내자고 굳게 마음을 먹었다. 다행히도 할 일은 충분히 있었다. 크리스마스 당일에도 하루 종일 일했고 외출할 계획도 없었다. 누군가가 크리스마스 디너에 초대했다면 아마도 사양했을 것이다. 하지만 저녁 여섯 시가 되자 공연히

별빛이 떠난 거리

마음이 들썩였고 산보를 나가기로 했다.

웨스트빌리지를 어슬렁거리다가 크리스토퍼 스트리트에 있는 바를 지나쳤는데, 곧 마음을 바꿔 바를 향해 걸음을 돌렸다. 크리스마스 저녁 여섯 시 반이니 당연히 비어 있을 줄 알았다. 그러나 아니었다. 바는 많은 사람들로 붐볐다. 대개는 나 같은 사람들이겠지, 하고 생각했다. 명절 따위 별 관심 없고, 예수를 믿지도 않고, 가족도 없고, 하누카의 촛대나 크리스마스 트리도 없는. 다행스럽게도 크리스마스 음악이 아니라 옛날 디스코가 나오고 있었다. 나는 코로나와 테킬라를 주문한 뒤―이건 내가 하루 일을 충실하게 마친 걸 축하하는 방식인데―바에 자리를 잡았다. 오래 머물 생각은 없었다.

얼마 지나지 않아―두 번째 맥주를 마신 다음이었던가―내 옆자리에 앉아 있던 사내가 당구를 한 게임 하자고 청했다.

"내가 마지막으로 당구를 친 건 사십 년 전 고등학교 때요." 사내에게 이렇게 경고를 했지만, 이건 물론 사내가 더 적극적으로 나서는 구실이 될 뿐이었다. 사내는 기록적으로 짧은 시간 안에―당구로 유명하지 않은 그 바에서도 기록적이라 할 만했는데―날 이겼고, 그러니 나는 술을 한 병 사야 했다. 내가 제시를 발견한 건 바로 그때였다. 제시는 안쪽 벽에 기대 서 있었다. 그는 키가 크고 근육질이었는데, 내 눈을 사로잡은 건 딱 적당한 수준의 아이러니로 산타 모자를 쓴 채 서 있는 모습 그 자체였다. 그 모습이 그를 더 잘 생겨보이게 했다. 그리고 그 때 그가 미소를 지었다. 나는 누가 미소를 지을 때 앞니 사이가 조금 비어 있는 것만 보면 맥을 못추는 인간이다. 어쩔 수 없다. 제시는 내 시선을 봤고 계속해서 그 섹시한, 앞니 사이가 벌어 진 미소를 지었다.

바텐더가 내가 주문한 맥주를 가지고 돌아왔다. "저쪽에 도." 도저히 거부할 수 없는 입술을 지닌, 젊고 키 큰 흑인 산타 를 가리키며 내가 말했다. "뭐가 됐든 저 사람이 마시고 있는 거. 내가 내는 거라고 말해줘요."

제시는 다가와서 고맙다고 했고, 자기와도 당구를 치겠냐 고 물었다. "팀—팀 대결로요." 그가 제안했다.

"나랑 한 편 할 생각은 하지 마요." 내가 말했다.

"예, 어, 그건 눈치챘어요." 그가 말했다.

제시는 자기 편 할 사람을 하나 골랐고, 우리는 내가 다 기 억을 못할 정도로 여러 게임을 했다. 내가 아는 건 우리 편이 죄 다 졌다는 사실뿐이다. 그러고 있던 어느 시점에선가, 아마도 누군가가 첫 번째 위스키 샷을 한 바퀴 돌렸을 때였을 텐데, 제시와 나는 전화번호를 교환했다. 우리 두 사람은, 알코올의 도움도 있었겠지만, 너무나 분명하게 서로에게 이끌리고 있었다. 이렇게 생각하던 게 기억난다. **이렇게 즐거운 크리스마스가 정말 얼마만인 거야.**

하지만 곧 모든 게 흐릿해지기 시작했다. 나는 술을 꽤—어느 순간까지는—마시는 편이지만 인사불성으로 취하는 건 딱 질색이다. 아직 제정신일 때 집에 가자고 마음먹었고, 그래서 자리를 떴다. 나는 당구 채를 한 쪽에 내려놓고 간다는 인사도 없이 문 밖으로 빠져나갔다. 겨우 아홉 시 반, 열 시나 됐을까. 신선하고 차가운 공기가 상쾌했고, 술이 깼다. 집까지 절반쯤 갔을 때 문자가 왔다.

"어떻게 된 거예요? 어디 있어요?" 제시였다.

"집에 가는 중. 침대에 들어갈 시간이요." 나도 문자를 보냈다.

두 블록 정도를 갈 때까지 아무 대답이 없었다. 그러다가 "침대? 거기야말로 날 초대해야 할 곳인데요." 그가 답문자를 보내왔다.

오, 그래. **그렇지.** 나는 재빨리 계산을 했다. 좋은 점과 나쁠 것을 저울질했다. 그리고 몇 초만에 **에라 모르겠다, 게다가 크**

리스마스잖아, 결론을 내렸다. 나는 제시에게 집 주소를 문자로 보냈다.

제시는 그 긴 다리로 내가 걸린 시간의 반도 안 걸려서 도착했다. 초인종이 울렸을 때 나는 간신히 이만 닦은 상태였다. 제시는 그 산타 모자에 크리스마스 전등을 목에 걸고 문틀에 기대 서 있었다.

"나오는 길에 훑어왔어요." 그가 말했다.

"잘 어울려. 꽂을 데를 찾아봅시다." 내가 말했다.

4

뉴욕에 살면서 알고 있어야 할 것 중 하나는, 당신의 삶에서 중요한 사람들에게 마음을 주는 게 당연한 것만큼이나, 어떤 장소들에 너무 마음을 두어서는 안 된다는 것이다. 주말마다 들러서 사소한 대화를 나누는 식당의 웨이트리스, 주차장에서 일하는 사내, 신문을 사곤 하는 가판대 사내. 그들은 수시로 사라지고 당신은 그 이유를 알지 못한다. 그 바는 왜 그렇게 갑자기 문을 닫았을까? 그 바텐더는 어떻게 됐을까? 그리고 모하메드는? 어제까지만 해도 여기 있었는데.

뉴욕에서 좀 살아온 이라면 누구나, 이미 알고 있는 사실이다.

하지만 지금 뉴욕 시내에서 벌어지고 있는 일은 알고 있던 한두 사람이 사라진 정도가 아니다. 모든 사람이 가버린 듯하다. 모든 곳에서. 몇 군데 남아 있는 몇 사람—주유소, 주류 상점, 약국 직원—만 빼고 모두들 사라졌다.

내가 지금 나 자신을 격리시키고 있는 아파트 건물은 반 이상이 비었다. 많은 입주민들이 햄튼이나 업스테이트의 별장으로 떠났고, 젊은 사람들은 부모와 같이 지내려고 떠났다. 18층짜리 이 건물에 어린아이는 하나도 안 남았다. 다른 층에 사는 이웃 마고는 며칠 전에 코로나19로 세상을 떠났다. 거의 매일, 누군가가 이 병에 걸렸다는 소식을 듣는다.

지난 한 주 동안, 이 도시가 변해가는 모습을 내가 사는 아파트의 창문을 통해 내 눈으로 지켜봤다. 낮 시간인데도 8번 애비뉴가 텅텅 비어서, 몇몇 커플이 14번 스트리트에서 센트럴파크 남단에 이르기까지—오십 블록이 넘는 길을—손을 잡고 길 한복판으로 걸어가고 있었다. 차들만 다니던 길을 스케이트보드와 자전거를 탄 이들이 달려갔다.

어떤 면에서는 꿈결 같고 사랑스러운 풍경이다. 하지만 그때 얼굴을 덮고 있는 수술용 마스크들, 사람들이 유지하고 있는 간격이 눈에 들어오고, 나는 고개를 돌려야만 한다. 이건 그냥 옳지 않다. 그냥 옳지 않다. 나는 드러눕는다.

8번 애비뉴
2020년 4월 6일

5

하루가 다를 바 없는 또 다른 하루 속으로 흐릿해지면서 여러 날들이 지난다. 세상을 떠난 내 파트너, 영국에서 태어난 신경학자이자 작가인 올리버 색스라면 무어라 말할까 궁금해 지곤 한다. 여태 살아있었더라면 올리버는 우리가 이 병에서 가장 취약한 그룹이라고 알고 있는 그 범주에 속했을 것이다. 노인. (오늘은 그가 여든여섯 살이 되는 날이다.) 올리버는 또한 본인도 인정하듯이 건강염려증 환자에다 이게 유행하기 훨씬 전부터 이미 손 씻기의 귀재였으며 손톱 소제의 본보기 같은 인물이었다. 하지만 동시에 올리버는 2차 세계대전 시기의 대공습과에이즈 그리고 9/11에서 살아남은 사람이다. 올리버는 또한 젊은 의사로서 20세기 초에 오백만 명이 죽거나 불구가 되었던 기

30
별빛이 떠난 거리

면성 뇌염이라는 유행병에서 살아남은 사람들—그가 《깨어남》에서 다룬 환자를 통해 알려졌다—을 치료했고, 나중에는 암 환자로서 자신에게 다가오는 죽음을 흔히 볼 수 없는 우아함과 명철한 태도로 맞이했다. 그러니 나는 그의 대답이 어떤 것일지 확실히 알겠다. 2015년 8월 여든두 살의 나이로 세상을 떠난 올리버는 그 몇 달 전 어느 저녁에 자신의 노트에서 고개를 들고는—이 아파트에서, 이 책상에 앉아 있다가—내게 이렇게 말했다.

우리가 할 수 있는 최선의 일은 쓰는 거야—지적으로, 창조적으로, 비판적으로, 생각을 불러일으키도록—지금 이 시대에 사는 게 어떤 건지에 대해서.

올리버는 많은 것들에 열광하는 사람이었지만, 그 어느 것도 언어의 힘과 그것이 만들어내는 시에 대한 열광에는 미치지 못했다. 내가 올리버는 언어를 사랑했다고 말할 때, 그건 그가 이미 고전이 된 책들을 써낸 작가라는 맥락 안에서 이야기하는 것만은 아니다. 설령 그가 단 한 권의 책도 쓰지 않았다 하더라도, 나는 올리버가 여전히 침대에서 읽을 가벼운 읽을거리로 육

중한 사전을 들고(그걸 읽을 돋보기도 같이) 올 웃기는 사람이었을 거라고 확신한다. 올리버는 어원, 동의어와 반의어, 속어, 욕설, 회문, 해부학 용어, 신조어를 읽으며 즐거워했다. 올리버는 저녁 식사 자리에서도 신이 나서 동형이의어homographs는 말할 것도 없고, 동철이의어homonyms와 동음이철어/동음이의어homophones의 차이를 분석하곤 했다.

2009년 봄 내가 뉴욕으로 이사하고 나서 얼마 되지 않은 어느 날, 올리버가 내게 "일기를 꼭 써야 돼!"라고 말한 것도 바로 이런, 언어와 쓰는 행위—올리버는 이걸 생각의 한 형식이라고 봤는데—에 대한 사랑 때문이었다.

그건 제안이 아니라 지시였다.

나는 종이쪽지에 그 대화를 옮겨 적으며 충고를 즉시 따랐다. 그 종이는 아직도 가지고 있다. 십 대 시절 이후로는 일기를 쓴 적이 없지만, 나는 뉴욕에 살면서 얻은 인상과 길거리나 지하철에서 마주친 사람들에 대한 이야기를 쓰기 시작했고 그 일을 오늘날까지도 계속하고 있다.

올리버, 집에서
2015년 3월 6일

6

크리스마스 때와 마찬가지로 올해는 세밑에도 아무런 계획을 잡지 않았다. 그날도 하루 종일 일을 했고, 새해인 다음 날도 그럴 생각이었다. 하지만 크리스마스와 달리 새해 첫날은 내가 좀 좋아하는 날이다. 한 해를 뒤로 하고 모든 가능성을 향해 열려 있는 365일을 맞이하면서 축하하는 날. 모든 일이 잘될 것 같은 느낌이 들었다. 그동안 작업해온 두 건의 집필 계획—그중 하나는 거의 십여 년을 투자한 일인데—이 앞으로 반 년 정도면 결실을 맺게 될 것이었다. 게다가 일련의 사진 작업도 마무리를 하고 있었고, 그 사진들을 정리해서 어쩌면 전시회도 할 수 있게 될 것 같았다. 별일이 없는 한 31일 자정이 되기 전에 와인을 한 잔 부어서 들고 티브이를 보면서 새로운 시작에 축배

별빛이 떠난 거리

를 들게 될 것이었다.

　그런데 그때 제시에게서 문자가 왔다. 자기는 그날 밤의 계획이 어그러졌는데, 나는 뭐하고 있느냐는 거였다.

　"나하고 데이트하고 있지." 이렇게 문자를 보냈다.

　"내가 끼면 어떨까?"

　제시는 열 시 반쯤에 도착했다. 그가 외투를 벗을 수 있게 백팩을 받아줬다. 비정상적으로 무거웠다. 제시는 지퍼를 열더니 1.5리터짜리 로제샴페인을 꺼냈다.

　"날 죽이려고?" 이 달콤한 와인을 이렇게 많이 마시면 숙취가 얼마나 고약할까 상상하면서 나는 킬킬거렸다. 하지만 진심을 말하자면, 감동했다. 내가 마지막으로 누군가와 같이 새해맞이를 축하했던 건 올리버와 함께일 때였다. 제시가 코르크를 땄고, 나는 크리스마스 전등에 다시 불을 넣었다. 우리는 우리끼리의 작은 파티를 시작했다. 여섯 명은 함께 마실 수 있을 그 큰 병을 넣어놓기 위해서 냉장고의 선반을 하나 떼어내야 했다.

　우리는 대마초를 피우면서 시간의 흐름을 잊었지만 자정 전에는 침대에 들었다. 내가 이 사실을 확실히 기억하는 건, 우연이었겠지만, 내 시계가 열한 시 오십구 분에서 열두 시로—2019년에서 2020년으로 넘어가는 그 순간에 우리 둘 다 고개를 돌려 시계를 봤기 때문이다. 우리는 서로를 마주보며 입을 딱 벌리고 "오 마이 갓"이라고 동시에 말하고는, 키스했다. 그리고 또 키스했다. 그리고 또. 아직도 분명히 기억하는데, 좋은 느낌이 홍수처럼 날 덮쳤다. 그건 어떤 예감 같은 것이었다. 앞에 놓인 새해는 정말 즐거운 한 해가 될 것 같았다.

틀려도 이렇게 틀릴 수가.

7

여전히 이 팬데믹 시대의 한복판에 있는데 지난 행적을 되짚어보며 내가 그때 이 팬데믹 시절의 어느 시점, 어느 곳에 있었나, 전염의 위험에 노출돼 있었던가 아니었던가, 하는 식으로 생각해보는 건 정말 이상한 일이다. 짧은 기간 동안에 너무 많은 것들이 너무 빨리 변했다. 2020년 달력을 들여다본다. 날짜들마다 다양한 약속들이 적혀 있다(나는 모든 걸 강박적으로 적어놓는다). 나는 지구상에 살고 있는 다른 사람들이 모두 그랬듯이 1월과 2월 내내 완벽하게 정상적으로 살고 있었다. 헬스클럽에 가고, 1.5킬로미터씩 수영을 하고, 친구들을 만나고, 상담 치료를 받으러 가고, 저녁 식사를 하러 나가고, 의사를 만나고, 그런 식으로. 나는 얼마나 한 치 앞도 못 보고 있었던 건가. 불과 며칠 안에 삶 전체가 완전히 바뀔 수도 있다는 걸 우리 모두 얼마나 모르고 있었던 건가.

8

내가 마지막으로 비행기를 타고 여행한 건 지난 11월이었
다. 올리버의 삶과 일을 다루는 릭 번즈Ric Burns의 아주 힘 있는
장편 다큐멘터리(《올리버 색스, 그의 생애》)가 로스앤젤레스의 한
페스티벌에서 상영되고 있었다. 나는 그 영화의 프로듀서 중 한
명과 함께 '힐리우드 명예의 거리' 바로 옆 극장에서 열린 상영
후 Q&A 이벤트에 참석했다. 극장은 만석이었고, 이런 행사는
봄철 내내 이런저런 페스티발에서 계속 이어질 예정이었다. 3월
에 있을 마서스비니어드Martha's Vineyard(매사추세츠주의 휴양지로 유
명한 섬―옮긴이) 페스티벌 건은 비행기표도 이미 사뒀고, 그 뒤
로도 오리건주의 포틀랜드를 비롯해서 더 있었다. 그러나 3월에
접어들면서 올해 남은 필름페스티벌은 모두 취소되었고 영화관

들은 문을 닫기 시작했다. 다시 여행을 하게 될까, 하게 된다면 그게 언제가 될까 싶은 생각이 들었다. 그런 다음 왜, 라는 의문이 들었다. 여행을 왜 하고 싶어지게 될까?

가장 조건이 좋을 때조차 여행은 힘든 일이다. 줄을 서야 하고, 기다려야 하고, 보안검색은 또 어떻고. 그러고 나면 사람 많고 발도 제대로 뻗을 수 없는 이코노미석에서 긴 시간을 버텨야 하고. 하지만 나는 늘 집과 공항을 오고 가는 짧은 여행을 즐겼다. 가는 길과 오는 길에서는 각각 다른 기대를 품게 된다. 비행기를 타고 있을 때는 인간 짐짝처럼 느껴지지만, 괜찮은 운전기사가 모는 택시나 우버를 타고 장거리를 달리는 동안에는 비로소 승객이 되어 어떤 할 일도 없는 상태에서 엉뚱한 생각을 하기도 하고, 원하면 낮잠을 자기도 하고, 서로 기분이 맞으면 대화를 나누기도 하는 것이다. 지금도 몇 해 전 어느 밤의 어떤 운전기사에 대한 기억이 선명하게 떠오른다.

상황은 이렇다. 우린 JFK 공항으로 가는 길이고, 길은 심하게 막히고 있다. 나는 짧은 여행에 나선 참이다. 늦어지고 있고, 몸을 앞으로 기대어—스트레스를 받고 있다기보다는 지루해서—운전기사에게 오늘 저녁에 뭐할 거냐고 묻는다.

"잠이요. 좀 잘 거예요." 그가 말한다. "사흘 동안 못 잤어요."

"사흘이면 힘들 텐데—무슨 일로요?"

기사가 거울을 통해 나를 본다. 눈 밑에 다크서클이 있다. "사랑에 빠졌어요."

"사랑에 빠졌다고요?"

그는 고개를 끄덕인다.

"불면증 걸리기에 완벽한 이유군요."

그는 슬며시 미소를 짓는다. "예, 근데… 두통이 너무 심하네요—머리 전체가."

사랑이란 게 머릴 아프게 만들지, 나는 속으로 말한다.

"그러니까, 여자분도 여기 있나요?" 나는 묻는다. "그래서 잠을 못 자는 거예요? 여자분하고 침대를 같이 쓰는 게 익숙하지 않아서? 아니면…"

"아뇨, 아뇨, 우린 얼마 전에 만났어요, 아니 다시 만난 거죠—두 주나 됐나요, 집에 갔다가요. 돌아온 지 며칠 안 됐어요. 미쳤죠. 전혀 예상치 못했는데. 그 여자 가족과는 원래 옛날부터 알고 있었어요. 제가 지금 서른다섯인데…" 그의 목소리가 잦아들었다.

흥미롭게도 이 사람은 방금 사랑에 빠지는 데 가장 좋은 조건 세 가지를 열거했다. 내가 보기에 그가 사랑에 빠진 건 전혀 예기치 못할 일이 아니다.

"집이 어딘데요?" 내가 묻는다.

"파키스탄이요."

차들이 다시 움직이기 시작한다. 기사는 주차에 놨던 기어를 옮긴다. 우린 잠시 아무 말 없이 앞으로 나아간다.

"거기 사람들은—거기서는 여기보다 표현을 잘 안해요," 그가 아까 하던 이야기를 이어서 말한다. "이런 거, 첫눈에 사랑에 빠지고 그러는 거—내가 미쳤죠, 거긴 이런 거 없어요."

"미친 거 아녜요. 내 말 믿어요—내가 연애전문가요." 기사는 나를 흘낏 돌아본다. "그래서, 다음 순서는 뭔가요? 다시 돌아가는 건가요, 아니면…?" 내가 묻는다.

"아뇨, 그 여자를 이리로 데리고 와야죠, 뉴욕으로—약혼자 비자로요."

들어본 적이 없는 제도인데 그런 게 있다니 반가웠다. 남자들끼리, 혹은 여자들끼리에도 해당하는 걸까? 그 약혼자 비자라는 제도. 알아봐야겠다.

"축하합니다." 내가 말한다. "그건 그렇고, 난 빌리라고 합니다. 이름이 어떻게 되나요?"

"압둘이요."

압둘에게 내 명함을 건네주면서 자리가 있다면 결혼식에 가고 싶다고 말한다. "사진을 찍어줄게요."

사랑에 빠진 커플
2019년 8월 8일

하얀 드레스를 입은 아가씨
게이프라이드 데이, 2019년 6월 30일

공원 벤치에 혼자 앉은 여인
2020년 3월 21일

9

사진이 변화의 급박함을 기록할 수 있다는 건 이미 아는 사실인데, 또 한 가지 분명해지고 있는 것은 내가 여태 해온 거리 사진이 앞으로는 절대 전과 같을 수 없다는 사실이다. 내가 진지하게 사진을 찍기 시작한 건 뉴욕으로 옮긴 직후부터였다. 나는 좋은 카메라를 한 대 사고 나서 혼자 사용법을 배웠다. 사진을 찍는 건 오래전부터 하고 싶었던 일이었다. 하지만 그런다고 해서 사진가가 되는 건 아니었다. 뉴욕—정확히 말하자면 뉴요커들, 전혀 모르는 사람이 그 자리에서 사진을 찍겠다고 했을 때 아무렇지도 않게 허락해준—이 나를 사진가로 만들었다. 나는 수만 장의 사진을—두 번 다시 포착할 수 없을 그런 사진들을 찍었다. 거리 축제와 행진에 참석해 땀을 흘리는 행복한 군

중들, 햇볕을 쬐는 사람들, 프리스비 원반을 날리는 사람들, 집 앞 계단에 나와 앉은 사람들, 시내 구석구석에 놓인 공원 벤치에 모인 온갖 종류의 사람들.

뉴욕의 밤은 완전히 다른 풍경을 보여준다. 지난 12월 말 사진으로 찍었던, 차량들로 꽉꽉 메워진 저녁 여섯 시 무렵 8번 애비뉴의 전형적인 모습, 그 빨간 불의 바다—나는 언젠가 이 풍경을 "맨해튼 거리의 타는 듯한 붉은 은하수"라고 묘사했던 적이 있다—는 이제 그 자리에 있지 않다. 지금 내가 창문으로 내다보는 8번 애비뉴의 모습은 별빛을 꺼버린 하늘 같다.

차량의 행렬이 사라진 자리에는 내가 전에는 의식하지 못했던 것들이 앞으로 나선다. 밝게 반짝거리는 차량의 붉은 정지등들과 여기부터 센트럴파크까지 동시에 한동안 켜지곤 하던 붉은 신호등 대신 이제는 녹색의 불빛이—하나, 둘, 셋, 넷 그리고 계속 이어서—그 자리를 메운다. 요즘은 이 길에 차 두세 대만 달려가는 일이 종종 있다. 나는 집 창가에 서서 그 차들이 여기서부터 무한대까지 이어지는 것처럼 보이는 길을, 한 번도 멈추지 않고 녹색 신호등을 하나씩 통과하는 모습을 본다. 얼마나 신날까. 거의 박수를 치거나 응원을 해주고 싶어진다. 혹은 울고 싶어진다. 이 모습이 왜 이렇게 감동적인지 모르겠다. 어떤 다른 생각, 이보다 훨씬 무섭고 SF에나 나올 법한 이야기가 떠오를 때까지는 그렇다. 밖을 내다봤는데 차가 한 대도 보이지 않는다면? 단 한 대도. 맨해튼에 남아 있던 마지막 한 사람까지 이 전염병이 데리고 가버린다면, 여기에 서 있는 나 하나만 빼고.

10

죽음 이후의 삶 이후의 삶. 이게 내가 올리버 이후의 이 생활을 생각하게 된 방식이다. 이상한 일인데, 처음엔 더 쉬웠다—첫 두 해 정도는. 해야 할 일이 많았다. 아마 그래서였을 거다. 계획하는 걸 도와줘야 할 추모회나 헌정식들, 아파트 한 가득이었던 올리버의 책을 치우고 정리하는 일, 공동으로 편집하고 사후 출간 작업을 관리해야 할 올리버의 새 선집, 그리고 그것들 말고도 쓰고 사진 작업을 해야 할 내 책 두 권까지. 하지만 이 모든 일거리들이 마침내 잠잠해지고 난 뒤, 2018년 벽두에 우울증이 덮쳤다.

우울증이 정말 심해질 때, 우울증은 마지막까지 입에 올리고 싶지 않은 것이 된다. 그러나 동시에 우울증은 누군가가 알아봐줬으면 좋을, 머릿속을 온통 장악하고 있는 어떤 것이 된다. 나는 내가 그것들을 떨치고 올라오지 못하고 있는 게(사실은 오히려 몇 걸음 더 빠져들고 있었으면서), 나를 마비시키고 있는 외로움과 슬픔에 맞서 아직도 싸우고 있다는 게 부끄러웠다. 나와 가까운 사람들도 이 사실을 몰랐다. 친구들과 가족들 모두 내가 잘 지내고 있다고 생각했다. 그러지 못하다는 인상을 줄 만한 말도 하지 않았고, 이따금 전원이 꺼지는 것 같은 순간이 와서 그런 말이 삐져나와도 사람들은 그냥 무시해버렸다.

삼 년 동안 못 보고 지내던 친구와 그간의 일을 이야기하던 게 생각난다. 친구는 내가 어떻게 지내는지 물었고, 나는 이렇게 대답했다. "내 생각엔 내 가슴이 영구적으로 망가져버린 거 같아. 아니면 최소한 고칠 수 없을 정도로 금이 가버렸든가." 이 말을 겸연쩍은 나머지 미소까지 지으면서 했던 것 같다. 하지만 나는 내가 당시 얼마나 깊은 곳에서부터 무너지고 있는지, 그 느낌을 전달하고 싶었던 것 같다.

"무슨, 괜찮을 거야! 그냥 좀 피곤해서 그런 걸 거야."

파트너든 배우자든 한 번도 잃어본 경험 없이 행복한 결혼 생활을 하고 있는 자가 어떻게 그토록 확신할 수 있었을까? 나는 전혀 괜찮지 않았다. 나는 그냥 그 친구를 보면서 고개를 끄

덮였다.

어쩌면 그건 상실이 쌓여서 그런 건지도 모른다. 내 파트너 올리버뿐 아니라, 내 부모 모두 그리고 내게는 멘토이자 심지어 뉴욕에서도 독특한 캐릭터였던 내 출판 에이전트까지, 이 모든 이들을 지난 몇 년 새에 잃었다.

어쩌면 뉴욕이라는 장소 때문일지도 모르겠다. 오자마자 사랑에 빠졌던, 그러나 최근 들어서야 감당하기 힘든 면을 알게 된 도시. 뉴욕은 외로운 장소가 될 수 있다. 친구를 사귀기 어려운 도시. 특히 중년이 되고 나서는.

아니면 그저 내가 문제였을 수도 있다. 그럴 가능성이 크다. 어쩌면 내 친구 말이 맞는 거였을 수도 있다. 지쳤을 수도 있다—은유적으로 그리고 문자 그대로.

나는 늘 잠을 잘 못 자는 편이었지만, 그 즈음에는 불면증이 너무나 고질이 돼서 맨해튼에 있는 수면장애클리닉에 상담을 받으러 갔다. 혹시 불면증을 단칼에 잡을 수 있는 비결이 있지 않을까 하는 기대를 품고. 닥터 램Dr. Lamb은 그의 성씨만큼이나 친절하고 부드러운 사람이었다. 신체검사를 마치고, 내 개인사와 병력을 모두 듣고, 이 모든 걸 주의 깊게 컴퓨터에 입력하고 난 뒤, 닥터 램은 날 아주 걱정스러운 표정으로 보면서 이렇게 말했다. "지금 선생이 먹고 있는 모든 약들—항우울제, 신경 안정제, 수면제—을 만약에 술하고 같이 먹게 되면 아주 위험할 수 있어요. 치명적으로요. 마릴린 먼로 같은 사람들이 그렇게 죽었어요."

나는 아무 말도 못하고 그저 그를 마주 쳐다봤다. 치부를 낱낱이 들킨 것 같아 너무나 창피했다.

"그 약들 전부 의사가 처방해준 겁니다만," 나는 방어적으로 말했다. "길거리에서 아무거나 산 게 아니라고요."

닥터 램은 이해한다는 듯이 고개를 끄덕이고는 이렇게 덧붙였다. "제가 걱정하는 건 이거예요. 지금 쉰일곱 살인 선생이 서 있는 자리가 여기예요. 그런데 십 년 후에는 어떤 상황에 있게 될까요? 선생이 예순일곱이 됐을 때 어떤 처지일까요?"

그의 아늑한 진료실에 앉아 있던 그때, 예순일곱 살이 된 내 존재가 이 지구에 남아 있는 게 내게 어떤 의미가 있는지 상상조차 할 수 없었다. 살아있든 아니든 아무 관심이 없었다.

그러긴 했지만 나는 그 의사의 말을 진지하게 받아들였다. 무엇보다 이 낯선 사람, 아마도 앞으로 다시는 볼 일이 없을, 수면 문제를 다루는 이 의사가 나에 대해 너무나 걱정을 하는 것처럼 보였기 때문이다. 나는 주치의의 도움을 받아서 그동안 먹고 있던 약의 대부분을 끊고 술도 많이 줄었다. 그리고 상담도 받기 시작했다. 한 주에 한 번 상담을 하는 테라피인데, 다른 무엇보다 도움이 많이 됐다. 같은 상담 의사로부터 이제 이 년 반째 테라피를 받고 있다(지금은 줌ZOOM으로).

우울증에 대해서 내가 배운 가장 중요한 사항은 우울증을 '하나의 우울함'으로, 마치 하나의 커다란 덩어리인 것으로 다루지 말라는 것이다. 그 안에는 오랜 시간—어쩌면 평생—에 걸쳐 형성된 많은 부분들—비탄, 트라우마, 학대, 고립, 거부, 억울함, 돈 걱정, 경력 후퇴 등등이 들어 있다. 하지만 그중에서 두드러지는 단 한 부분에라도 초점을 맞출 수 있고 그걸 분리해 낼 수 있다면—그래서 그 안에 들어 있던 진실을 하나도 빼놓지 않고 말할 수 있게 된다면—그동안 지고 있던 짐은 현저히 가벼워진다.

흰옷을 입은 여인들
2019년 7월

　지하철에 탈 때 좀 더 확실히 보호가 되도록 얇은 가죽장
갑을 한 켤레 샀다(헬스클럽용으로도 한 켤레 샀다). 소독제도 작
은 걸로 한 병 늘 가지고 다닌다. 세균공포증 같은 건 겪어본 적
이 없지만 뉴욕에서 코로나와 관련한 사망자가 쉰 명이 채 안
되던 3월 초부터 이미 손잡이를 잡고 선 사람들이 들어찬 지하
철 열차칸은 내 눈에는 세균이 활발하게 옮겨다니기에 가장 이
상적인 장소처럼 보였고, 그래서 피하는 게 좋을 곳으로 느끼
고 있었다. (뉴욕에 와서 내가 처음 취직했던 곳은 에이즈 백신을 개
발하고 있던 글로벌 비영리기관이었다. 거기서 나는 바이러스가 어떻
게 움직이는지에 대해, 그리고 인간의 면역체계와 백신학에 대해 많이
배웠다.)

내가 마지막으로 지하철을 탄 건 3월 13일이었다. 사진 인화와 액자 작업까지 맡겨놓은 롱아일랜드시티의 작은 가게에 내 사진들을 찾으러 가는 길이었다. 우버나 택시를 탈 수도 있었을텐데 왜 그랬을까? 지하철은 싸고, 빠르고, 내가 가려는 곳은 역에서 두 블록 밖에 떨어지지 않은 곳에 있었다. 그곳에 다녀오는 길에 특별한 일은 없었지만 지하철 열차 안에는 상당한 긴장감이 돌고 있었다. 아직 마스크는 착용하지 않던 때였고, 겨우 몇 사람만이 나처럼 장갑을 끼고 있었지만, 모두들 옆 사람으로부터 가능한 한 먼 거리를 유지하려고 최선을 다하고 있었다. 예를 들어 많은 사람들이 좌석에 앉는 대신 끼리끼리 몰려서 있었다. 흔치 않은 일이었다. 아침 시간에는 남는 자리 하나를 두고 거의 태클을 당하는 게 뉴욕이다. 이건 내가 알고 있던 방식으로 작동하는 뉴욕이 아니었다.

러시아워 중에서도 절정이었던 어느 저녁 시간, 업타운으로 향하는 4/5번 지하철을 타던 일이 떠올랐다. 그 시간에 4, 5번을 타본 적이 없는 이라면 지하철이라는 게 어느 정도까지 붐빌 수 있는지 짐작도 못할 것이다. 당신이 호흡하는 공기, 당신이 느끼는 온기, 당신이 맡는 체취, 이 모든 것들은 당신에게서 나오는 것이 아니라 모든 사람의 것들이 합쳐진 것이다. 어떤 때는 열차 안이 너무나 붐비는 나머지, 손잡이를 잡지 못하는 경우도 있다. 다른 승객들 사이에 모로 끼인 채 어깨와 어깨, 엉덩이와 엉덩이를 맞댄 상태로 가는 것이다. 설령 넘어지고 싶다 해도 그럴 여지가 없다.

그중의 어느 하루에 나는 내가 가장 싫어하는 위치에 끼어 있었다. 복도의 한가운데, 양쪽 문에서 공히 멀고 그러니 그곳에서 빠져나가려면 가능한 한 공손하되 너무 공손하지는 않은 태도로 밀고 헤치는 작업을 해야 하는 자리였다. 그래도 머리 위에 매달린 손잡이는 잡을 수 있었다. 열차 안은 무척 조용했다. 전형적인 분위기—사람들은 지하철 안에서는 대체로 자기 일에만 집중하니까—였다. 최소한 처음에는.

갑자기 어떤 젊은 여자가—여자는 헤드폰을 끼고 있었는데—노래를 부르기 시작했다. 노래를 진짜로 큰 소리로 부르는 것이었다. 사람들 너머로 그 여자를 볼 수 있었다. 여자는 문을 향해 서서, 문의 유리에 비친 자기 모습을 보면서 목청껏 노래를 부르고 있었다. 버스킹을 하고 있는 건 아니었다. 궁금했다. 오디션을 보러 가는 길인 건가? 새로 시작되는 브로드웨이 공연에서 부를 중요한 곡을 연습하는 건가?

갑자기 여자는 노래를 멈췄다. "시끄럽게 해서 미안합니다!" 여자는 열차 안에 있는 사람들이 다 들을 수 있을 정도의 큰 소리로 말했다.

여자 주변에 있던 사람들이 다들 어깨를 으쓱하거나 고개를 흔들었다. 아뇨, 시끄럽긴 무슨.

"저거보다 훨씬 못 부르는 노래도 들은 적이 있어요." 내 옆에 선 사내가 말했다.

러시아워의 L지하철
2020년 4월 22일 – 오후 5시 5분

14번 스트리트 역
2020년 4월 16일 – 오후 4시 45분

12

지난 몇 해 동안 데이트를 이따금 했다. 자주는 아니고 이따금. 제시 이전에 만난 이들 중 특히 두 사내한테는 의식적인 노력을 기울였다. 좋은 사람들이었고 둘 다 내 나이 또래였지만 두 관계 모두 두 달을 넘기지 못했다. 어쩌면 사람을 만날 생각이 처음부터 없었던 건지도 모르겠다. 지금 와서야 문득 그런 생각이 든다. 내가 원한 건 로맨스였다. 몸을 뚫고 흐르는 전기. 뉴욕으로 옮겨왔을 때 느꼈던 그런 종류의 전기. 처음 올리버를 만났을 때 느꼈던, 혹은 요즘 제시가 문으로 들어설 때마다 느끼게 되는 그런 것.

우리는 1월과 2월 내내 그리고 3월로 접어든 뒤까지 만났다. 완전히 성숙한 관계로 발전하지는 못했다. 일단 우리 둘 다

바빴다. 나는 내 작업이 있었고, 제시는 직장을 두 군데 나가고 있었을 뿐 아니라 학교도—맨해튼 칼리지에 풀타임으로—다녀야 했다. 다른 이유도 있었다. 가장 큰 건, 나이 차이가 엄청나다는 것—물론 지금도 여전히—이었다. 나는 쉰아홉이고 제시는 스물여섯(곧 스물일곱이 될 텐데, 그 생일은 누구나 다 아는 이유로 같이 축하하기 어려울 것이다)이다.

나는 나이 차이에 대해, 소위 세대간 관계라는 것에 대해 좀 안다. 무엇보다, 올리버는 나보다 스물여덟 살 위였다. 하지만 이 경우는 좀 다르게 느껴졌다. 단순히 제시가 나보다 많이 젊다는 것 때문이 아니었다. 내가 제시보다 너무 늙은 것처럼 느껴진다는 게 문제였다—나는 굳게 자리 잡혀서 바꾸기 어려운 일상과 그동안 해오던 나만의 작업들, 혼자 지내는 것에 너무나 익숙해져 있었다. 하지만 사실을 말하자면 우린 나이 차이에 대해서는 거의 얘기해본 적이 없다. 우리는 한 주에 한 번 정도 만났고, 여유가 있을 때는 더 자주 만났던 것 같다. 항상 같이 대마초를 피우고, 같이 저녁 식사를 준비하고(그리고 다음 날 아침 식사도), 섹스를 하고, 내 큰 욕조에서 같이 목욕을 하고, 티브이를 보고, 이런저런 이야기로 시간을 보내고, 웃고, 늘 즐거운 시간을 보냈다. 제시는 날 웃게 만들었고 나 역시 그랬다.

그럴 수 있다는 게 좋고, 고마웠다. 지난 오 년 동안 누구와도 그렇게 많이 웃은 적이 없었다.

그리고 팬데믹이 덮쳤다.

뉴욕시에서는 사회적 거리를 최소한 6피트 이상 두어야 한다는 규칙이 3월 중순부터 시행되었고, 우리 같은 캐주얼한 관계는 위험한 것까지는 몰라도 최소한 그대로 유지하기는 어려운 것이 되었다. 제시가 다니던 대학은 학생들 몇이 확진 판정을 받으면서 문을 닫았다. 어떤 식으로든 여러 사람이 모이는 건 삼가야 할 일이 되었다. 상점들도 저녁 여덟 시까지는 문을 닫아야 했다. 어떤 상점들은 이미 아주 문을 닫아버렸다. 같은 날에 제시는 직장 두 개를 모두 잃었다. 하나는 제시가 접수데스크에서 일을 보던 다운타운의 헬스클럽이었고, 하나는 보안 요원으로 일하던 이스트빌리지의 바였는데 둘 다 많은 사람들을 접하는 일이었다. 내 일이라는 것도 그렇다. 길거리에 나가서 아무 데서나 전혀 모르는 사람들 사진을 찍는 것이었으니, 우리가 어떤 식으로든 노출이 됐을지 알 도리가 없었다. 어찌 알겠는가?

"우리 만나면 안 될 거 같아, 가까이 해서도 안 되고." 그날 밤 제시가 우리 집에 오는 길이라고 말했을 때 나는 이렇게 답

해야만 했다.

"아이, 무슨. 우린 괜찮아요."

"아냐. 우리가 괜찮은지 알 수가 없어. 괜찮다고 해도 만나면 안 될 거 같아. 아직은."

하지만 문자를 주고 받는 동안 내 저항은 점점 약해졌다. "알았어, 와. 하지만 섹스는 안 돼."

제시도 동의했다. 하지만 한동안 소파의 양쪽 끝에 앉아 거리를 유지하려고 최선을 다한 뒤에 우리의 의지력은 한계에 도달했고 우리는 서로를 탐닉하기 시작했다.

후회하지 않는다. 오히려 반대로, 아주 소중하게 여긴다— 그 기억. 전생에서나 있었던 일 같다. 불과 한 달 전이었는데. 우리는 정확히 무슨 일이 벌어지고 있는지, 누구를 믿어야 할지도 알지 못했다. 모든 일이 너무 빨리 벌어지고 있었다. 모든 사람들이 손 씻는 일에 대해 말하고 있었다(유명인들이 제대로 손 씻는 법을 보여주는 비디오를 소셜미디어에서 얼마나 많이 봤던가?). 섹스에 대해서는 아무도 말하지 않았다.

그리고 저기, 문신을 한 몸에 섹시한 미소를 짓고 있는 아름다운 트리니다드 사내가 대답을 기다리면서 앉아 있었다. 어쩌겠는가? 욕망은 마냥 눌러놓기에는 너무 힘이 세다.

우리는 그날 밤 완전히 폭발했다. 그러나 다음 날이 됐을 땐 달콤함과 더불어 씁쓸한 무언가가 남았고, 동시에 다른 무언가는 빠져 있었다. 걱정 없음, 태평함이라는 것. 제시를 만나고 만지고 그와 함께하는 일 모두 당분간은 그날이 마지막이 되리라는 걸 나는 알았다. 그와 함께하는 것, 이 이상한 시절, 우리의 두 몸이 얽히는 그 순간 우리의 삶이 '함께하는 것'이라는 문장의 가장 깊은 맥락에서 얽히는 것. 누군가와 함께하는 것 모두.

내가 한 남자와 마지막으로 키스한 시간
2020년 3월 14일 − 오후 1시 44분

13

우주의 단절. 3월 17일 화요일 일기에 이렇게 썼다. 달리 어떻게 표현할 말이 떠오르지 않았다. 말이란 게 충분치 않은 것처럼 느껴지기 시작했다.

나는 걸었고 강둑을 거칠게 때리는 허드슨강의 물결을 사진 찍었다. 그게 지금의 상황을 더 정확하게 포착하고 있는 듯했다.

해야 할 일들의 리스트를 만들었다.

- 변기를 닦을 것
- 책상 정리할 것
- 파일서랍 정리할 것

- 옷장 정리할 것

- 오븐 닦을 것

- 아파트 전체를 청소할 것

- 올리버의 책들 목록 작성할 것

- 처방약 리필할 것

- 캐시에게 전화할 것

- 욜란다에게 전화할 것

- 제인에게 전화할 것

- 상담 받으러 갈 것

- 산보할 것

- 낮 시간에 독서할 것

- 집에서 규칙적으로 운동하는 습관을 들일 것

- 식료품을 살 것

- 대마초를 살 것

- 와인을 살 것

- 살균제를 살 것

- 마스크를 살 것

- 열 재는 짓 그만둘 것

14

오늘 매일 복용하는 약들을 먹으려다가 처음으로 알약 중 하나는 병에 도로 넣어도 된다는 사실을 깨달았다. 하늘색 알약 트루바다. HIV에 감염되지 않았으면서 성적인 활동이 왕성한 이들이 HIV에 감염되지 않도록 해주는 약. 일반적으로 프렙 PrEP(노출 전 예방Pre-Exposure Prophylaxis)이라고 불린다.

"이젠 네가 필요 없겠구나." 그걸 손바닥에서 집어들며 중얼거렸다. 파트너나 배우자가 없는 독신자로서, 코로나 바이러스가 위협으로 남아 있고, 광범위한 테스트가 존재하지 않는 이 상황에서 이제 어느 누구와도 섹스를 할 일이 없을 터였다.

그래서 슬픈가? 물론이지. 그래서 동정을 구하는가? 아니. 하지만 이건 공중보건 관련자들이 권고하는 손 씻기나 재택 근무, 표면 소독 그리고 기타 등등의 것들과는 확연히 다르게 다가온다. 사회적 거리 두기라니. 수백만의 나 같은 사람들—남성, 여성, 비정형의 성, 게이, 스트레이트(이성애자를 가리키는 말로 쓴다—옮긴이), 양성애자, 트랜스젠더, 퀴어 할 것 없이—이 이 전염병의 시절에 건강하게 산다는 건 섹스를 하지 않는다는 뜻이기도 하다. 얼마나 더 이렇게 살아야 할지 우리는 모른다. 서약한 걸 그대로 지키는 가톨릭의 사제나 수녀처럼.

내 하늘색 알약과 작별하기 전에 잠깐 돌아보는 시간을 가졌다. 그 약과 그걸 개발해낸 과학자들, 그걸 시험하는 일에 자원해서 나섰던 이들, 내 건강을 위해 애쓴 모든 사람들에게 감사한다. 몸뿐 아니라 정신적으로도 건강하게 해준 모든 이들에게. 몇 해 전 프렙을 복용하기 시작하면서부터, 성생활을 시작한 이십 대 초반 이래 처음으로 HIV 감염에 대한 공포가 없는 성생활을 누릴 수 있었다.

그런 항바이러스 약, 그리고 그뿐 아니라 HIV나 에이즈에 걸린 상태에서도 바이러스가 '드러나지 않고' 건강하게 살 수 있도록 해주는 약을 개발하기 위해 들인 그 모든 시간, 그 모든 비용, 그 모든 희생—그 모든 것, 그 모든 사람—에게 핏속 깊이, 뼛속 깊이, 불알 속 깊이 감사한다.

나는 기억한다, 바로 어제처럼. HIV/에이즈의 예방(나는 정말 이게 가능하지 않으리라고 생각했다)은 고사하고 그걸 치료하기 위한 어떤 것도—정말로 아무것도—없었던 시절을. 아니, 그건 고사하고, 나는 기억한다. 게이 남성들을 제일 먼저 덮쳤던, 불과 몇 주만에 죽을 지경에 몰아넣고 몇 달이면 데려가버리는 그 악몽 같던 병과 그 병의 원인조차 모르고 있던 시절의 아득한 절망감을. 나는 기억한다. 1983년 그 미지의 바이러스—인체 면역결핍 바이러스라고 명명된—가 마침내 규명되고 결정적으로 전파 경로(성기든 항문이든 비보호 성관계가 가장 위험하다는 것)가 매우 명쾌하게 밝혀지던 순간을. 나는 기억한다. 첫 세대 에이즈 치료제—살균제를 마시는 것만큼이나 독성이 강했다—가 소개되고 테스트되던 순간을. 그리고 나는 기억한다. 내가 사랑에 빠졌던 스물여섯 살 난 사내, 스티브가 첫 데이트에서 자신이 HIV 양성 판정을 받았다고 내게 말하던 그날—그 순간—을. 나는 스물여덟 살이었고 HIV 테스트에서 음성 판정을 받았다. 1989년의 일이었다. 얼마 지나지 않아 나는 그와 같이 살기 시작했다. 우리는 우리 같은 사람들을 일컫는 말인 '상태가 다른 커플'로 거의 열일곱 해를 같이 살았다. 스티브는 갑자기 죽었다. 마흔세 살의 나이에, 역설적이게도 에이즈가 아니라 심장마

비로. 옆에 나란히 누워서 같이 잤는데 깨어나보니 심장 발작을 겪고 있었다. 응급구조대가 왔지만 이미 너무 늦었다. 시월의 그날 아침 이후 이제 거의 십사 년이 지났는데 아직도 그 사람 생각을 하고, 아직도 꿈에서 그를 보고, 우리가 마지막으로 나눴던 이야기들을 기억한다. 그건 작별이 아니었다. 작별 인사도 없었다. 전날 밤, 우린 침대에 누워서 책을 읽고 있었다. 열한 시쯤 됐을 거다. 나는 먼저 자야겠다고 생각하고 내 쪽 불을 껐다.

"잘 자." 이렇게 말하고 그의 입술에 입을 맞추었다.

"잘 자." 스티브가 말했다. "난 몇 페이지만 더 읽고."

15

빨간 불에 선 배달 자전거

난 그의 사진을 찍었다 이제 막
신호가 녹색으로 바뀌어서 그가
페달을 밟아 출발하려 할 때

"이름이 뭐예요?"
내가 소리쳤다
옆으로 비켜서면서

그가 고개를 돌리면서 말했다—

말했다—
페달을 밟아 멀어지면서

하지만 내게는 들리지 않았다
나는 그가 사라지는 걸 지켜봤다
애비뉴 북쪽으로

16

어제, 몸 상태는 괜찮았지만 아파트 안에만 갇혀 있자니 돌아버릴 것 같아서 산보를 나가기로 했다. 아름다운 오후였고, 무엇보다 뉴욕에서 아직 허락되는 건 걷는 일밖에 없었다. 한 시간 정도—웨스트빌리지를 거쳐 허드슨으로 내려가 강가를 걷는—산보를 하다보니 정신이 맑아졌다. 나는 크리스토퍼 스트리트를 거쳐 집으로 향했다. 물론 거의 모든 상점이 문을 닫고 있었다. 그러나 버려진 거리와 셔터를 내린 식당들, 술집들의 스산함을 메꿔주기라도 하려는 듯 이 소상인들은 가게 앞에 손으로 쓴 다정한 말을 걸어두고 있었다. 단골손님들에게 고마움을 표하는 인사, 모두들 잘 지내라는 축원 그리고 '다시 돌아오겠다'는 약속의 말들.

갑자기 조금 더 걸어서 스리라이브스앤컴퍼니Three Lives & Company 서점이 열었는지 보러 가고 싶다는 마음이 들었다. 올리버가 남긴 수천 권의 책이 아파트 창고에 들어 있었지만—그리고 어느 걸 펴들어도 다 재미있었겠지만—왠지 모르게 새 책이 있어야 할 것 같았다. 아마 나 자신한테 작은 선물을 하나 주고 싶었던 것 같은데, 그것 못지 않게 동네 책방이 잘 버티고 있는지 보고 싶기도 했다.

열었을 리가 없어. 나는 속으로 말했다. **너무 작은 가게잖아.** 아니나 다를까 서점은 캄캄한 게 불이 꺼져 있었다. 아… 그런데 그 블록의 조금 떨어진 곳에 문이 열려 있는 게 보였다….

낡은 나무의자 하나가 열린 문을 지탱하면서 책방 안으로 들어가는 입구를 막고 있었다. **책방 문을 아주 닫으려고 정리를 하고 있는 거면 얼마나 슬플까?** 하지만 아니었다. 안으로 고개를 들이밀고 살펴봤더니 독립서점의 충실한 두 일꾼 미리엄과 트로이가 얼굴에 미소를 띄운 채 거기 있었다. 우린 반가움과 애정이 어린 인사를 나누었고, 미리엄은 그들이 새로 정리한 방식에 대해 설명해줬다. 서점 안에는 아무도 들어올 수 없지만—트로이는 카운터 뒤에 격리되어 있고 미리엄이 트로이와 입구 사이에 서 있다—손님이 와서 자기가 찾는 '책 제목을 부르기만

77

하면'(혹은 저자나 장르) 두 사람이 대신 찾아주는 식이었다. 그리고 그들은 그렇게 했다! 나는 특정한 책을—로버트 로웰, 엘리자베스 하드윅과 그들의 문학 동인에 속해 있던 이들을 다룬 크고 두꺼운 책인 《돌고래 편지The Dolphin Letters》를—마음에 두고 있었고, 새로 나온 리베카 솔닛의 자서전을 읽고 싶었다. 미리엄이 그 책들을 찾으러 갔다.

내 뒤에 짧은 줄이 생겼다. 나는 옆으로 물러섰다. 한 여성이 "힐러리 맨틀의 새 책 주세요!"(책방 안에는 이 책이 높이 쌓여 있었다)라고 소리쳤다. 한 커플은 "새로 나온 요리책이요—추천해주실 거 있어요?"라고 말했다. (미리엄과 트로이는 이 질문을 두고 다양하고 재미있는 아이디어들을 주고받았다.) 어떤 가족은 어린아이들이 읽을 책을 찾고 있었다. 마치 은유적인 식량배급 줄—두뇌와 영혼을 먹여 살릴 식량배급 줄에 서 있는 느낌이었다.

내가 몇 걸음 물러서자, 미리엄은 문을 지탱하고 있는 낡은 나무의자 위에 내 책들을 올려놨고, 나는 장갑을 낀 손으로 그 책들을 집어들었다.

"내 카드를 던질까요, 아니면 여기 의자 위에 놓을까요?" 내가 물었다.

"아뇨," 미리엄은 자신들이 사회적 거리 두기를 매우 엄격

하게 실천하고 있다는 점을 설명했다. "카드 번호를 불러줘요—트로이가 입력할 거예요!"

그래서 나는 다른 사람들을 전혀 신경 쓰지 않고 내 비자 카드 번호를 불러줬다. 늘 사려 깊게 손님을 대하던 트로이는 그날도 마찬가지로 영수증이나 봉투가 필요한지 물었다.

"아뇨, 아뇨, 그냥 들고 가는 게 좋아요." 내가 대답했다.

정말 그랬다. 그 크고 두꺼운 책과 리베카의 회고록을 들고 있는 느낌이 좋았다. 듬직하고, 묵직했다. 오로지 앞으로 그것들을 읽게 될 며칠 낮과 밤을 보증하기 위해 그렇게 무거운 것 같았다. 나는 미리엄과 트로이가 다른 이웃들을 상대해주는 걸 보면서 작별 인사를 건넸다.

"할 수 있는 한 열고 있을 거예요—안전하고, 허락되는 한은." 미리엄이 말했다.

나는 진심으로 그들이 잘 지내기를 빌어주었다. 이 짧은 외출에서 많은 선물을 받은 기분이었다. 하나가 아니라. "두 사람 모두에게 축복이 있기를." 내가 말했다.

17

올리버 꿈을 꾸었다. 그가 세상을 떠나고 나서 불과 몇 번 안 꾼 그의 꿈이었다. 올리버는 이 아파트의 외투용 옷장 문을 열고 있다. 윗도리는 벗었고 그의 부드러운 파자마 바지를 입고 있다. 자주 그랬듯이 무언가가 없어져서 찾고 있는 듯하다. 부드럽게 중얼거리는 소리가 들린다.

"자, 이게 어디에 있담…?"

나는 그의 뒤로 다가가서는 크게 팔을 벌려 감싸안아 그를 놀라게 한다—"오!" 하지만 그는 나인 걸 알고 있고, 나는 올리버의 얼굴을 볼 수는 없지만 그가 미소 짓고 있는 걸 느낄 수 있다. 굳었던 그의 몸이 내 팔 안에서 긴장을 푼다. 올리버는, 내가 그를 여전히 안고 있는 동안, 찾던 걸 계속 찾으면서 꼭대기 선반으로 팔을 뻗는다.

"활동적으로 지내는 게 중요해." 올리버가 말한다.

나는 손으로 그의 대머리를 쓰다듬는다.

그러고는 잠에서 깨어난다.

14번 스트리트의 젊은 여자
2018년 8월 6일

18

2020년 3월 18일.

- 스트레칭 + 요가: 5분
- 윗몸일으키기: 약간
- 팔굽혀펴기: 100(50/50)
- 턱걸이: 45(15/15/15)
- 매달려 다리 들어 올리기: 30(15/15)
- 스쾃: 0
- 유산소운동: 30분 산보

19

제시는 브루클린에서 엄마와 누나와 같이 산다. 며칠째 소식이 없다. 오늘 아침에 세 번 연속으로 문자를 보냈다. 잘 지내는지 확인하려고. 걱정 때문에 점점 더 미칠 지경이 되어갔다.

마침내 오후 네 시경에야 답신이 왔다. "자기야, 자기야, 난 괜찮아, 자고 있었어—아이고 참."

나는 선글라스를 낀 채 웃고 있는 이모티콘을 보낸다. 쿨하게 마무리하려고.

"다행이야." 나는 중얼거린다.

공원의 젊은 연인
2018년 7월 28일

20

나는 맨해튼에 남아 있는 몇 안 되는 주유소 중 하나인 모빌 주유소에서 대각선으로 맞은편에 살고 있다. 지난 십여 년 동안 나는 소중한 휘발유 펌프 네 대의 보금자리인 저 조그마한 뉴욕시의 부동산에서 들려오는 수없이 많은 경적 소리, 말다툼 소리, 한밤중에 취해서 지르는 고함 소리, 심지어 주먹다짐을 하는 소리까지 듣고 살았다. 지금 이 순간, 금요일 오후 여섯 시 삼십일 분, 흥미롭고 기이하게도—평소 같으면 집으로 돌아가는 길에 주유하려는 차들의 줄이 길게 늘어서곤 하던 시간인데—사위가 너무나 조용하다.

21

너무나 조용해서:

너는 들을 수 있다 새가 노래하는 소리를.

너는 들을 수 있다 아기가 우는 소리를.

너는 들을 수 있다 8번 애비뉴 길거리에서 올라오는 사람 목소리를.

너는 들을 수 있다 호레이시오 스트리트 근처에 서 있는 버스 엔진 소리를.

너는 들을 수 있다 내 창문 아래서 누군가가 대화하는 소리를.

너는 들을 수 있다 한 사내가 휘발유를 넣으면서 전화 통화하는 소리를.

너는 들을 수 있다 공원에서 스쿠터 타는 아이의 소리를.

너는 들을 수 있다 보행보조기에 의지해 걷는 사람, 그게 인도에 끌리는 소리를.

너는 들을 수 있다 어느 미치광이가 어디선가 고함을 지르면서 화내는 소리를.

너는 들을 수 있다 업타운 어딘가에서 누가 무언가에 망치질하는 소리를.

너는 들을 수 있다 배달부가 자전거 벨 울리는 소리를.

너는 들을 수 있다 누군가가 걸으면서 휘파람 부는 소리를.

너는 들을 수 있다 네가 속으로 우는 소리를.

그리고 이 강요된 고독과 고요 속에서, 너는 때때로 네 생애의 어떤 순간들을 돌이켜보는 소리들을 들을 수 있다. 말해진 것들과 말하지 않은 것들, 행해진 것들과 행하지 않은 것들, 표현된 사랑과 표현되지 않은 사랑, 네가 받은 그 모든 감사한 일들, 네가 느낀 그 모든 감사함.

22

길어봐야 며칠 안에, 필수 업종이라고 판단되지 않는 업소들은 모두 시의 명령에 따라 기약 없이 문을 닫게 될 것이다. 내가 가는 동네 이발소 킹오브커츠King of Cutz는 사태를 눈치채고 짐을 꾸려 일찌감치 문을 닫았다. 오늘, 오랜 세월 동안 내 머리를 깎아준 이발사 알렉스에게 마지막으로 머리를 깎으러 갔다가 발견한 사실이다. 이발소 안에 불이 꺼져 있고, 빨간색-흰색-파란색으로 돌아가던 이발소 표시가 멈춰 서 있는 걸 보자니 맥이 빠졌다. 나는 집으로 돌아와 연대의 표시로 머리를 면도해버렸다. 그나마 얼마 남지도 않은 내 머리가 다시 자라고 '킹' 알렉스가 다시 문을 여는 어느 날, 나는 돌아갈 것이다.

사람들은 대개 이발소 같은 장소가—전혀 '필수적'이지 않아 보이는데—어떻게 해서 사람이 살아가는 데 필수적인 곳이 될 수 있다고 하는 건지 미심쩍어한다. 머리를 깎고 수염을 다듬는 건 내게는 언제나 큰 즐거움이다. 하지만 이발소가 제공해주는 건 이발만이 아니다. 여기저기서 들리는 대화, 같이 있다는 것 자체, 이야기, 그게 중요한 것이다.

알렉스는 내가 뉴욕에 오고 나서 두 주 후부터 내 머리를 손질하기 시작했다. 그때 나는 빌리지의 더 남쪽에 있는 아파트에 살았고, 알렉스는 웨스트 4번 스트리트에 있는 이발소에서 직원으로 일했다. 아직도 그때 알렉스가 처음으로 내 콧수염과 턱수염을 다듬어주던 일이며 그가 손가락으로 가위를 쥐는 방식, 다이얼 비누와 팔리아먼트 담배가 섞인 희미한 냄새 같은 것들이 선명한 감각기억으로 남아 있다. 러시아에서 온 이민자인 알렉스는 스트레이트고, 결혼을 했고, 상당한 미남이었다. 빌리지에서 일하던 그의 손님들 대부분이 게이였는데, 알렉스는 모든 이들과 두루 잘 지냈다. 알렉스가 내 머리를 만진 지 얼마 안 돼서, 나는 올리버도 그리로 데리고 가기 시작했다. 올리버는 이발기가 머리 위를 오고 가며 낮게 웅웅 소리를 내기 시작하면 나른함을 느끼면서 거의 즉시, 앉은 자리에서, 조용히 잠이 들곤 했다. 알렉스는 절대로 그를 깨우는 일 없이 조심스럽게 이발을 마치곤 했다.

몇 년 동안 열심히 일하고 모은 끝에 알렉스는 재작년에 웨스트빌리지에 자기 가게를 열었다. 내 아파트에서 코너만 돌면 나오는 곳이다. 기다려야 하는 경우가 종종 있지만 상관 없다. 알렉스는 항상 사람을 몽롱하게 만드는 EDM(전자댄스음악)을 틀어놓고 있다. "오긴 이발을 하러 오는데, 앉아 있긴 음악을 들으려고 앉아 있어." 나는 알렉스에게 반농담으로 말한다.

언젠가 한번은 당신 머리는 누가 깎느냐고—그 정도로 믿고 맡기는 사람이 있느냐고—물어본 적이 있다. 알렉스는 슬픈 한숨을 쉬면서 이렇게 대답했다. "슬픈 일이에요, 형. 어떤 땐 내 머리를 잘라서 들고 내가 깎았으면 좋겠어."

너무 심하게 웃었더니 이발가운이 떨어져버렸다.

그보다 더 최근에 나는 알렉스와 유쾌한 설전을 벌인 적이 있었다. 알렉스가 보기에는 내가 남자들—내가 사진 찍은 남자들, 내가 길거리에서 본 남자들, 그의 가게에서 내 옆자리에 앉았던 남자들—에 대해 말할 때 **아름답다**는 단어를 너무 자주 쓴다는 것이었다.

"빌리, 그렇게 다니면서 보이는 남자마다 다 아름답다고 하는 게 말이 돼요?" 알렉스가 말했다.

"'다'는 아니지. 난 모든 남자가 다 그렇다고 한 적 없는데."
내가 반론을 제기했다.

나보다 서른 살은 젊은 이 친구가 이발기를 끄고 이발의자 앞 테이블에 기대더니 인내심을 발휘하려 애쓰는 표정으로 내 얼굴을 마주보았다. "그게 말이죠, 여자는 '아름다워'요. 남자는—어, 남자도 '귀여울' 수는 있겠죠, 하지만—"

"맞아, 당신도 귀여운 편이야, 알렉스."

알렉스는 긴장을 풀며 웃음을 터뜨렸다. "고마워요, 근데—"

"응? 뭐라고 하려고 했는데…?"

"여자가 아름답죠. 그리고 남자는… 잘생겼죠. 남자한테 잘생겼다고 할 수는 있죠."

나는 그 순간을 음미하며 그 말이 충분히 스며들게 두었다.

"알렉스, 그 정도는 나도 받아들일 수 있지." 마침내 내가 대답했다.

"오케이, 좋아요." 알렉스는 다시 이발기를 켜고 머리 깎는 걸 마무리했다.

우리는 지금 어떻게 살고 있나
2020년 3월 30일

23

한 젊은 여자가 비어 있는 잔디밭 한 구석에 무릎을 꿇고 앉아, 멀리서 보기에는 목련 꽃잎 같은 걸 배열하고 있는 모습을 보았다. **무슨 예술작품을 만들고 있나** 싶은 생각이 들었다. 나는 그 여자가 불편해하지는 않을 만큼 멀찌감치, 그러나 내 목소리는 충분히 전달될 수 있을 만한 거리까지 다가갔다. "저기요, 여보세요, 예술작품을 만들고 있는 건가요?"

여자는 미소 띤 얼굴로 올려다보더니 고개를 저었다. "만다라를 만들고 있어요."

"그게 예술이죠." 내가 말했다.

여자는 별것 아니라는 몸짓을 하더니 다시 하던 일로 돌아갔다. 바람이 살짝 불었다. 꽃잎들을 날려버리지는 않았지만 땅

바닥에 배열하기 조금 어렵게 만들었다. 여자는 꽃잎 하나하나를 잔디 위에 꼭꼭 눌렀고, 그렇게 하는 것만으로도 꽃잎들은 어찌어찌 그 자리에 붙어 있었다.

"조금 가까이 가도 될까요?" 내가 큰 소리로 물었다.

"그럼요," 젊은 여자가 말했다. "오세요."

나는 4미터쯤 떨어진 데 서서 여자가 재료들을 놓고 생각에 잠기는 모습을 지켜봤다. 길이와 굵기가 다른 잔가지들과 잎사귀들 그리고 풀잎들. 여자는 재빨리 결정을 내렸다. 잔가지에서 끄트머리를 떼어낸 뒤 어떤 건 둘로 분지르고, 잎사귀들은 한쪽으로 밀어놓고, 마른 풀들은 녹색의 풀에서 따로 떼어놓았다.

여자는 끄트머리가 라벤더 색깔이 된 목련 꽃잎들 주변으로 패턴을 만들기 시작했다. 이따금씩은 물러앉아 예술가의 빈틈없는 눈매로 여태까지 해온 작업을 살폈다.

"아름다워요." 내가 중얼거렸다. "아름다워…."

여자는 마치 내 말에 동의한다는 듯이 환한 미소를 피워올렸지만―그것 역시 매우 겸손한 미소였다. 길고 윤기 흐르는 갈색의 땋은 머리가 여자의 어깨 너머로 흘러내렸다. 나는 나를 소개했고, 여자도 그렇게 했다. 이름이 젠이라고 했다. 나는 내가 생각하고 있던 걸 큰 소리로 말했다. "완전히 직관적인 거죠—그 패턴 만드는 거요—그렇잖아요?"

"예, 대부분은요. 왜 그런지는 모르겠지만 이런 거 만드는 걸 좋아해요. 늘 그랬어요." 젠이 말했다.

우주를 만들고 있으니까 그런 거죠, 그렇잖으면 발밑에서 아무의 눈에도 띄지 않고 말 것들을 가지고. 내가 생각했다—우리가 지금 존재하고 있는 우주에서 나온 다른 우주.

"여기에 뭐 더하고 싶은 거 있으세요?" 젠이 내게 물었다.

명예로운 청이었다.

나는 바닥을 훑어보기 시작했다. 제일 처음에 눈에 들어온 건 여기저기 널려 있는 새똥이었다. 하지만 더 찾아보는 동안 다른 많은 것들이 눈에 들어왔다. 젠이 골라놓은 것들과 비슷한 막대기와 잔가지들. 나는 그중에서 마음에 드는 걸 하나 골라 돌아왔다.

젠은 뒤로 물러앉았고, 나는 껍질을 벗긴 잔가지를 만다라의 북쪽 끄트머리에 놓았다.

"좋다." 젠이 속삭였다.

나는 뒤로 물러섰다.

젠은 상당한 집중력을 발휘해서 능숙한 솜씨로 마른 풀들을 엮어 화환 모양을 만들었다. 반지 낀 손가락들을 움직이는 솜씨를 보아하니 전에도 해본 적 있는 게 분명했다. 젠은 화환을 하나 만들어 내려놓더니 좀 더 큰 것 하나를 만들어 첫 번째 것 바깥에 놓았다.

나는 해와 달을 떠올렸다.

젠은 다시 물러나 앉았다. 완성된 만다라를 한참 쳐다보다가 마치 그게 무어라 말을 건네기라도 한 듯이, 그래서 그에 대해 대답이라도 하는 듯이 단호하게 고개를 끄덕였다.

응, 젠은 침묵 속에서 그렇게 말하고 있는 듯했다. 응….

만다라
2020년 4월 4일

24

3월 22일 시에서 모든 '필수적이지 않은' 사업체들은 문을 닫아야 한다고 명령을 내렸을 때 나는 거기에 시의 공원이 포함되리라고는 예상치 못했다. 아직 산보를 하는 건 허락되고 있고 무엇보다 실외에서 운동을 하는 것도 가능하다. 하지만 오늘 코로나19 때문에 하이라인 공원의 모든 입구가 봉쇄됐다는 사실을 알게 됐다. 처음엔 실망했지만 곧 이렇게 생각했다. 거기에 있는 초목들, 풀들, 양치식물들, 나무들 모두 이리저리 뜯어보는 시선이나 사람들 발소리에서 벗어나 제멋대로 자라나면서 신나겠구나.

25

스케이트보드를 탄 이들이 대여섯 명씩 혹은 그 이상씩 무리 지어 그룹 사이에 이삼 미터씩 간격을 유지한 채 달리면서 늦은 오후의 텅 빈 차도를 점령했다.

나는 소파에 누워 책을 내려놓고 그 소리를 듣는다.

저들이 만드는 소리가 사랑스럽다. 바퀴 구르는 소리, 말소리, 웃음소리. 삶, 앞으로 우르릉거리며 나아가는.

26

동네에 내가 특별히 좋아해서, 사라지지 않았으면 하는 식당이 하나 있다. 비단, 음식—완벽하게 구운 고기와 채소, 수프와 면류를 요란스럽지 않게 내놓는—때문만이 아니라, 작지만 조용해서 목청을 높이지 않고도 같이 식사하는 사람들과 이야기를 나눌 수 있기 때문이다. 손님들이 와서 가지고 가는 음식들은 만들어 팔 수 있지만 홀은 폐쇄해야 했기에 주인이자 셰프인 조는 웨이터들과 호스트, 접시닦이 그리고 요리사들까지 모두 내보내야 했다. 이제 조는 자기 혼자 모든 일을 한다. 그 집이 살아남는 데 도움이 될까 해서 테이크아웃을 몇 번 주문했다. 그 집을 좋아하는 이 동네 다른 사람들도 그렇게 했다.

요전 날 밤 주문한 걸 가지러 갔는데(장갑을 끼고), 돈을 내고 나서—바 저쪽 끝에 있는 조에게 내 카드를 미끄러뜨려 보냈다—그가 말했다. "한잔 안 할래요? 잠깐 시간 돼요?" (한잔이 간절해 보이는 표정이었다.)

"아, 좋죠." 내가 말했다. "근데 그래도 된대요?"

그는 괘념치 않는다는 듯이 어깨를 으쓱하더니—식당에는 우리 말고는 아무도 없었다—손(장갑을 낀)을 뻗어 따지 않은 피노 그리지오를 한 병 꺼냈다.

"규칙상으로는 안 되죠. 친구끼리 한잔하는 거라고 칩시다."

조는 잔 두 개를 채우고는 내가 내 잔을 집으러 갈 수 있게 뒤로 몇 걸음 물러섰다. 우리는 서로를 향해 잔을 들어올렸다.

"뉴욕을 위해." 내가 말했다.

"뉴욕을 위해." 조가 말했다.

우리는 그 술을 마시면서 바의 양쪽 끝에 선 채 이야기를 나누었다.

아직 배달을 하는 식당의 즉석음식 전문요리사
2020년 4월 19일

27

아무 때나 바에 들어가 술 한잔 하는 건 우리가 아주 오랫동안 타고난 권리처럼 여기던 일이었다. 그러나 우리는 그것 역시 원한다고 아무 때나 할 수 있는 게 아니라는 사실을 본의 아니게 재빨리 터득하게 됐다. 내가 늘 가던 집은 내 아파트와 같은 블록에 있는 태번온제인Tavern on Jane이었다. 동네 바에 기대할 만한 건 다 갖춘 집이다. 쾌활한 바텐더, 스포츠게임을 볼 수 있는 대형 티브이, 괜찮은 음식 그리고 온갖 종류의 인간들까지.

태번은 아직 닫진 않아서 테이크아웃 음식은 팔고 있지만, 술은 시의 도시폐쇄조치와 더불어 판매가 끝났다. 거기에 모이던 동료 술꾼들, 헛소리꾼들, 구라꾼들—나를 포함해서—간의 동지의식이 그립다. 그곳에서 보낸 밤들에 대한 이야기가 엄청

별빛이 떠난 거리

많은데―그중 몇 가지는 되풀이하지 않겠지만―얼마 전 특별히 한 이야기가 떠올라 웃음이 나온 적이 있다.

몇 년 전 일이다. 바에 앉아서 맥주를 마시고 있는데 의자 두 개 너머에 앉아 있던 내 나이 또래의 사내가 전화기를 들여다보고 있다가 고개를 들면서 누구에게랄 것도 없이 말을 던졌다. "이런 일 겪은 적 있어요?"

그 근처에 있던 누구도 사내의 말을 듣지 못한 것 같아서 내가 대답했다. "무슨 일인데요?"

"진짜 뒤죽박죽이야." 사내는 손으로 얼굴을 쓸면서 고개를 흔들더니 생각을 가다듬으며 말을 이었다. "며칠 전인데, 옷장 안에서 뭘 찾다가 가죽재킷을 하나 발견했어요."

"그런데요…?"

"내 게 아냐. 내 재킷이 아닌 거야. 심지어 남자 옷도 아녜요. 여자용 가죽재킷인데, 그게 어떻게 해서 거기 들어가 있는지 도무지 알 수가 없더란 말예요―"

나는 이미 낚였다.

"거기에 얼마나 걸려 있었던 건지도 모르겠고. 그래서 그게 대체 누구 걸까, 생각을 더듬어봤죠. 그러니까 내가 만났던 여자들―그중에 어떤 여자가 실수로 놔두고 간 걸까?"

"맞아요, 맞아. 그랬겠지." 내가 말했다.

"내가 옷 살 때 도와주는 친구한테까지 물어봤어요—내가 색맹이거든요. 그래서 그 여자사람친구가 셔츠니 바지니 하는 것들 색깔 맞춰서 사주는데, 아무튼 그래서 물어봤어요. '내 옷장에 가죽재킷 걸려 있는 거 봤어?' 그랬더니 이러는 거예요. '어, 거기 최소한 두 달은 걸려 있었지.'"

"두 달이요?" 내가 끼어들었다.

"예, 그러게요—두 달이나! 하지만 뭐, 어쨌든 덕분에 범위는 좁힐 수 있었어요. 두 여자 중 하나겠구나 정도는 알겠더라고요. 그게 내 추측이었어요. 그래서 한 여자한테 문자를 보내서 혹시 내 집에 가죽재킷 놔두고 갔느냐고 물어봤어요. 답신이 없었어요—뭐 놀라진 않았어요. 전혀. 안 좋게 끝났거든요. 그래서 이제 하나가 남았는데, 문자를 보냈죠. 바로 답장을 보내더라고요, 근데 아주 비아냥거리는 투였어요—뭐랬냐면 '오, 당신 침대를 거쳐간 여자들 기억도 다 못하는 모양이지?' 뭐 이런 식으로."

사내는 잠깐 말을 멈추고 그 답신에 대해 생각해보는 것 같더니 이렇게 덧붙였다. "근데 맨 뒤에 스마일 이모티콘을 붙였더라고요, 그러니까 그렇게 화가 난 거 같지는 않고. 근데 아무

106

별빛이 떠난 거리

튼—"

"그 여자 재킷도 아니었던 거군요." 내가 말을 채워줬다.

"그렇죠. 아니었어요. 그러니까 그게 누구 건지 정말 모르겠다는 거죠."

"오케이. 잠깐, 잠깐만요." 내가 말했다. "우선 그 자켓을 돌려주려고 노력을 했다는 거, 그건 일단 칭찬하고 싶어요. 대개는 그냥 처박아두거나 그러잖아요. 나도 두어 주 전에 누구네 아파트에 파란 스웨터를 놔두고 왔는데 아직 못 받았어요…."

바텐더인 릴리는 이 이야기를 한 귀로 듣고 한 귀로 흘리고 있었지만 그래도 이야기의 골자는 꿰고 있었다. "그럼, 탐." 그러니까 그의 이름은 탐이었는데 "이걸로 신데렐라 이야기를 만드는 거에요—그 재킷이 맞는 여자를 찾아 나서는 거지."

"그럼 그다음엔? 난 잘생긴 왕자가 아닌데?" 탐이 콧방귀를 뀌며 말했다.

릴리가 미소를 지으며 말했다. "누가 알아요."

"그걸 팔아볼까 생각하고 있어요. 사실은." 탐이 목소리를 낮춰서 말했다. "헤이, 릴리! 릴리! 이리 좀 와봐요, 이거 좀 봐봐—" 탐은 전화기에서 그 재킷 사진을 찾아내 확대해서 릴리에게 보여줬다. "이십오 달러. 이십오 달러에 넘길게."

릴리는 웃음을 터뜨리더니 누군가의 음료를 만들어주러 가버렸다.

"좀 봅시다." 내가 말하자, 탐이 전화기를 건네줬다. 사진에는 지퍼가 많이 달려 있는 중간 길이의 가죽재킷이, 그것마저 없으면 휑할 것처럼 보이는 옷장 안에, 한쪽만 옷걸이에 걸린 쓸쓸한 모습으로 찍혀 있었다.

나는 키들거리며 그에게 전화기를 돌려줬다.

"그게 거기 걸려 있는 걸 **두 달 동안이나** 몰랐다고요? 미안한 얘기지만 그 부분이 정말 웃기네요."

그가 **뭐 어쩌겠어요**, 하는 듯이 어깨를 으쓱했다.

"여자들이란." 그가 웅얼거렸다.

"남자들이란." 내가 받아서 웅얼거렸다.

긴 침묵이 있었고, 그러다 내가 그에게 한 잔 사겠노라고 했다.

탐은 내가 방금 한 말이 무슨 뜻인지 모르겠다는 표정으로 나를 쳐다봤다. 내가 경험한 바로는 어떤 스트레이트 남자들—다는 아니고 몇몇—에게는 게이 남자가 술을 사겠다고 하는 것처럼 부담스러운 일이 또 없다.

"내가 술 한 잔 살까요?" 나는 좀 더 단도직입적인 문장을 만들어서 내놓았다. "그래도 될까요?"

"술이요? 아, 그럼요. 물론이죠." 전혀 물론인 것처럼 보이진 않았지만 그는 그렇게 말했다.

릴리가 그의 잔에 와인을 부어주고 내 잔도 채워줬다.

"건배," 내가 말했다. "이야기 잘 들었습니다."

탐과 나는 잔을 마주쳤다.

"천만에요." 그가 말했다.

뉴욕, 뉴욕, 뉴욕─타임스스퀘어
2017년 9월 1일

주류 상점—당연히 '필수' 업종이다—은 여전히 문을 열고 있다. 우리 동네에서는 이 가게가 이런 식으로 운영된다. 가게 안에는 한 번에 다섯 명의 손님만 들어갈 수 있다, 사회적 거리 두기를 지켜야 한다, 기타 등등. 그 가게에서는 배달도 하고 있지만, 엊그제는 직접 가서 맨리스주류상점Manley's Liquor의 사람들이 어떻게 지내는지 보고 싶었다. 가게는 비어 있었다.

장갑 낀 손으로 내가 고른 와인을 카운터 위에 올려놓았다. 나를 잘 알고 있는 오마르는 스캐너로 와인 병의 바코드를 스캔했다. 나는 내 카드를 기계에 넣고 그었다. 카드기계에 달려 있는 작은 막대기로 내 이름을 서명해야 하는데, 오마르가 이렇게 말했다. "선생님은 내가 잘 아니까 내가 대신 사인할게요—

괜찮겠어요?"

"물론이죠. 해요."

오마르는 재빨리 획을 몇 개 긋고는 내게 자신의 위조 서명을 보여줬다. 오마르는 내 이름이 들어갈 자리에 어린애가 그린 얼굴처럼, 눈 대신 점 두 개 그리고 그 밑에 웃는 입 모양의 선을 꾸불텅하게 그었다.

"사인 이렇게 하시죠?" 오마르가 말했다.

"정확히 이렇게 하죠. 고마워요, 내 친구. 잘 지내요."

29

헬스클럽이나 수영장에도 갈 수 없게 된 채로 집에 몇 주나 갇혀 있으면 심심해서라도 집에서 운동을 하게 될 거라고 생각하는 이들이 있을지 모르겠다.

내 경우에는 그렇지 못하다.

내가 집에서 하는 운동—스트레칭, 요가, 윗몸일으키기, 유산소운동 등—을 기록하기 위해 만들어놓은 간단한 차트를 본다. 시작하고 나서 한 주 뒤면 팔굽혀펴기를 하루에 백오십 개는 하게 될 줄 알았다.

차트의 지난 아흐레치 칸에는 아무것도 기록되지 않았다.

하지만, 그와는 대조적으로, 예전보다 훨씬 많은 시간을 부엌에서 요리를 하면서 보내고 있다. 올리버가 세상을 떠난 뒤로 나는 올리버가 나를 만나기 전에 살던 방식으로 지내왔다. 집에서 요리는 절대로 안 하고, 테이크아웃 음식을 들고 오거나, 델리에 가서 로스트치킨과 거기에 곁들이는 메뉴들처럼 미리 만들어져 있는 걸 사오거나, 올리버가 싱크대 앞에 선 채 정어리 통조림을 먹던 것과 비슷하게 시리얼을 저녁으로 먹거나 하는 식이었다. 한 사람—나—용으로 음식을 만드는 게 너무 우울하게 느껴졌다.

하지만 지금은 시간도 남아도는 상황이라 장보기도 훨씬 적극적으로 하고(구입할 식료품 리스트도 작성하고—상상이 가나?), 조리법도 찾아보고, 뉴욕의 클래식 음악방송인 WQXR을 들으면서 나 자신을 위한 저녁 식사를 만든다. 기분이 좋다. 화면(컴퓨터와 전화기와 티브이)에서 멀어져 있는 것도 좋고, 무언가를 만드는 일(뭐가 제대로 되지 않을 때도) 자체도 좋고, 한때는 괜찮다는 평을 들었던 요리 실력을 되살려내는 것도 좋고, 결국 이건 나 자신의 웰빙에도 좋다. 식탁에 제대로 자리를 잡고—받침, 냅킨, 은식기까지—음악을 틀어놓은 다음, 나 자신과 더불어 식사를 하는 것이다. 오늘 밤에는 소금을 뿌려 구운 캐슈너트와 아몬드로 입맛을 좀 돋운 뒤에 살짝 지진 연어와 깍지콩 그리고 파를 곁들인 현미밥. 딸기 아이스크림 한 그릇.

맨해튼 뷰티
2020년 4월

30

이메일로 편지가 한 통 왔다.

헤이스 씨에게,

몇 해 전에 저는 제인 스트리트의 모퉁이에 있는 코너비스 트로Corner Bistro에 있었습니다. 아마도 선생님 댁 근처일 겁니다. 제 친구는 올리버 색스가 쓴 《마음의 눈》을 읽고 있다고 했고, 저는 색스 박사가 자신의 수많은 신경학적 문제들(안면인식장애 등)을 스스로 진단한 독특하고 흥미로운 사람인데다, 아주 다방면에 관심사가 많다고 이야기하기 시작했지요. 그로부터 실제로 몇 분 지나지 않아 색스 박사가 체크무늬 셔츠를 두 겹 겹

쳐 입고 들어와 의자를 잡아빼더니 우리 두 사람 사이에 앉아 미소를 지었습니다. 저는 너무 놀라서 말을 잃었는데 그분은 마치 저를 아는 사람 보듯이 쳐다봤습니다. 몇 초 뒤에 선생님이 들어와 박사님한테 무어라 말씀하시고는(아마 우리는 박사님이 아는 사람이 아니라는 거였거나, 아니면 우리가 선생님이 아니다?) 뒤쪽에 있는 테이블로 박사님을 모시고 갔습니다. 제가 살면서 제일 후회하는 것 중 하나가 그때 너무 당황해서 인사도 못 드린 일입니다.

그러니 괜찮으시다면 늦었지만:
"안녕하십니까, 색스 박사님."

P.S. 저는 지금 예일대학교에서 신경과학자로 일하고 있습니다.

행운을 빌며, _____

31

제시로부터 온 문자.

"안녕."

"안녕."

"당신을 잃어버리고 있는 중인 것 같아."

"아냐. 안 잃어버렸어. 난 여기 있어." 내가 말한다.

우린 크리스토퍼 스트리트 부두에서 만나기로 한다. 우린
어떤 규칙도 어기지 않는다. 사람들이 걷고, 운동하고, 공공장소
에서 만나는 건 허가된 일이다. 사회적 거리 두기를 지키는 한.

기다리고 기다린다. 마침내 그가 블록 저쪽 끄트머리에서
후디에 코트를 걸쳐 입고 발을 끄는 듯한 걸음걸이로 다가오는
모습이 보인다. 정말 춥고 바람이 부는 날이다. 사랑스럽다.

자동반사적으로 제시가 날 안으려 몸을 숙이고—제시는 나보다 적어도 15센티미터는 더 크다—나 역시 그를 안고 싶지만—그를 좀 따뜻하게 해주고 싶다—부드럽게 밀어낸다. "아니, 아니, 안 돼. 안는 건 안 돼. 잊지 마. 키스도 안 되고. 아직은." 그렇게 말하는 순간 나는 죄책감이 들고, 슬프고, 잔인한 것 같고, 예민하고, 바보 같고, 늙은이 같은 느낌이 든다. 그보다 서른세 살 더.

제시는 미소를 지으며 몇 걸음 물러서고, 우리는 부두의 끝까지 걸어가면서 만족스럽게 대화를 나눈다. 하지만 어색하고 부자연스럽다. 무언가를—누군가를—너무나 가까이에 두고 싶은데, 그리고 정말 원한다면 그렇게 할 수 있지만, 그렇게 할 수 없다는 것, 하지 않을 것이고, 하지 않는다는 것. 그리고 그렇게 할 수 있을 기회가 다시 올지 알 수 없다는 것.

32

집으로 돌아오는 길에 세 명의 젊은 사내들이 그들이 아니면 텅 비어 있을 부두에서 격렬하게—정말로 격렬하게—운동하고 있는 걸 봤다. 그들이 입고 있는 셔츠와 반바지에 육군 표시가 있는 걸 보고 나니, 말을 걸어보지 않을 수 없었다. "군인인가요?"

나는 시멘트 경계석 위에 서 있었고, 그들이 조금 다가왔다. 우리 사이에는 최소한 6, 7미터 정도의 거리가 있었다.

"예, 맞습니다." 그중 하나가 말했다.

"아, 우리 아버지도요—한국전쟁에 참전하셨어요." 내가 말했다. "웨스트포인트(미국육군사관학교)를 나오셨죠. 1949년에 졸업하셨고요."

오랜 옛날 연도를 듣자 세 사람의 눈이 조금 커졌다.

"저희도 웨스트포인트에 있어요" 한 사람이 대답했다.

"정말요? 웨스트포인트에 있다고요! 다들, 어, 다들 여기 뉴욕에서 뭐하고 있는 거죠?"

"우린 위생병이에요." 한 사람이 조금 차분한 목소리로 말했다. 그러고는 자기 왼쪽에 있는 사람을 가리키면서 "그리고 이 친구는 간호사고요"라고 말했다. "여기 훈련받으러 왔어요. 저, 그러니까—"

"위기상황 때문에요?" 그의 말을 마무리지으면서 내가 말했다.

차마 입 밖으로 "팬데믹"이라는 말을 꺼낼 수가 없었다.

그가 고개를 끄덕였다. "예. 오늘 오후에 웨스트포인트로 올라갑니다. 거기 병원에 혹시 그, 군인들이나—"

이때쯤 나는 눈물이 나오려는 걸 참고 있었다. "병에 걸린 군인들이나 생도들…이요?"

셋이 모두 고개를 끄덕였다.

돌아가신 아버지를 떠올렸다. 저 세 사람을 자랑스러워하셨겠지.

"고마워요. 지금 하고 있는 일들, 고마워요."

서로에게 자기소개를 하고 난 후 내가 물었다. "사진 좀 찍어도 될까요?"

"그럼요." 세 군인이 말했다.

난 세 사람이 같이 있는 모습을 몇 장 찍고, 독사진을 두어 장씩 찍었다.

그중 한 사람—셰인이라는 이름이었는데—이 혹시 사진을 보내줄 수 있느냐고 물었다.

"그럼요, 물론이죠. 제 번호를 부를 테니까 문자로 보내줘요. 그리로 보낼게요. 그러면 되겠죠?"

나는 녹지를 사이에 두고 내 전화번호를 불러줬다.

나는 셰인에게 번호를—제대로 받아 적었는지 확인해보기 위해—다시 불러보라고 했다.

그후로 아무 소식도 못 들었다. 무슨 일이 있는 건 아닌지 궁금하다.

부두에서 운동을 하고 있는 웨스트포인트 위생병들
2020년 3월 30일

3월 31일자 〈뉴욕타임스〉 헤드라인: "이제는 당신이 직접 마스크를 만들어야 할 때."

상황은 또다시 바뀌었다.

며칠 전까지만 해도 마스크는 방역의 최전선에서 일하는 사람들에게나 필요한 것이니 거기에 해당하지 않는 사람들은 사용하지 말라고—그리고 물론, 쌓아두지 말라고—했더랬다.

하지만 그래, 알겠다. 이 바이러스가 얼마나 전염성이 강한 건지 이제 알겠다. 바이러스학자, 전염병학자, 공중보건 관료들이 내놓은 최신의 과학저술들을 읽는다. 대체로 마스크가 도움이 된다는 데 동의하고 있는 듯하다. 현재 시점에서 마스크는 권장 사항일 뿐 필수는 아니다. 다만 문제는 마스크를 살 수 있는 데가 없고, 온라인으로 주문을 해도 빠른 시간 안에 배달되지는 않으리라는 것이다. 여기저기 전신주에 N-95 마스크를 하나당 십 달러에 판다고 손 글씨로 쓴 광고지가 붙어 있다. 광고지 하단에 전화번호를 적어놓고 잘게 잘라 뜯어갈 수 있도록 해놨는데, 두 개만 남아 있다. 사기일 가능성이 농후하다.

아파트 안을 뒤져봤지만 DIY 영상에 나오는 손수건이나 스카프 같은 건 갖고 있는 게 없다. 진공청소기 안에 넣는 먼지 봉투를 자르고 신발 끈을 이용해서 마스크를 만들려고—소셜미디어에서 누군가가 이렇게 하라고 한 걸 봤다—해봤는데, 거울을 보는 순간 소스라치고 말았다. 테러리스트를 그린 만화 속 인물처럼 보였다. 게다가 숨을 쉴 수도 없었다. 결국 캘빈클라인 사각팬티를 잘라서 대용품을 만들었다. 이 정도면 되겠지.

34

유니온스퀘어를 향해 동쪽 방향으로 14번 스트리트를 걷는다. 식료품을 담은 비닐봉지 여러 개를 든 채 종종걸음을 치고 있는 몇몇 사람들 말고는 그 긴 길에서 눈에 띄는 사람이라고는 노숙자들뿐이다.

아직 겨울 기운이 남아 있는 바람은 여전히 사나운 데가 있다.

어서 여름이 왔으면 좋겠다.

라힘이 끌고 다니는 쇼핑카트들이 먼저 보이고, 다음으로 그가 눈에 들어온다. 라힘이 생계를 위해 수집하는 재활용 병과 깡통들이 넘치도록 쌓여 있는 카트 다섯 개가 도로 가장자리에 세워져 있다. 내가 오 년 넘게 알고 지내온 라힘은 겨울코

별빛이 떠난 거리

트와 모자로 무장한 채 인도 위 건물 입구에서 담요를 뒤집어 쓰고 앉아 있다. 라힘은 아랍어로 "은혜로운"이라는 뜻이라고, 우리가 처음 만났을 때 그가 말해줬다. 나는 그 말을 절대 잊지 못할 것이다.

우리는 잠시 이야기를 나눈다. 라힘은 이 팬데믹의 시대에 어떻게 자기를 보호해야 하는지 알고 있다. 라힘은 장갑과 손소독제와 일회용 소독수건 등을 담요 안에 보관하고 있다면서 그것들을 꺼내서 보여준다. 라힘은 노숙자 숙소의 형편이 제일 좋을 때도 그곳을 이용하지 않았는데—이미 여러 해 전에 발길을 끊었다—요즘은 그곳이 "죽음의 덫"이라 불린다고 전해준다.

나는 그가 어떻게 지내고 있는지 묻는다.

"그럭저럭요." 라힘은 부드러운 목소리로 대답한다. "그럭저럭."

나는 항상 그래왔듯이 이십 달러를 건네고 가던 길을 간다.

"평화와 할렐루야." 라힘이 말한다.

"평화와 할렐루야." 나도 그렇게 화답한다.

14번 스트리트의 라힘
2020년 3월 31일

35

뉴욕에서는 차도 없었고 운전도 하지 않고 살아왔기 때문에 생각해보지도 못하고 지냈던 일들이 있다. 어제 워싱턴주에 사는 친구와 대화를 나눴다. 좁은 아파트에서 세 식구에다 성인인 딸의 남자 친구까지 데리고 웅크리고 살면서 그 와중에 집에서 직장 일까지 해야 하는 여성이다. 밀실공포증이 덮치면 무조건 차를 몰고 나간다고 했다. 나가서는 계속 차를 몰고, 또 몰고 다니는 것이다. 거의 텅텅 비어 있는 시애틀의 일반도로와 고속도로로 말이다. 음악을 있는 대로 크게 틀어놓고. 휘트니 휴스턴, 머라이어 캐리, 마이클 잭슨.

처음 이 얘기를 들었을 때 제일 먼저 든 생각은 이런 거였다. 영화로 만들면 딱 좋겠다. 집과 직장 모두에서 시달리던 엄마가 도저히 더 이상 참을 수 없어서 손소독제 한 병과 화장지를 몇 개 챙겨든 채 차를 타고 튀는 것이다—서해안에서 동해안까지 대륙을 횡단하고, 돌아올 때는 다른 길을 타고 돌아오는데, 차에서 자고 빈 건물에 들어가서 쉬기도 하면서, 이 빌어먹을 팬데믹이 끝날 때까지 그러고 다니는 것이다.

36

대통령은 자기 하고 싶은 대로 꾸며대서 말하고, 자기가 얼마나 이 상황을 잘 관리하고 있는지 듣고 싶은 대로 듣겠지만, 한 가지는 부인할 수 없다. 죽음은 감추기 어렵다. 4월 1일까지의 통계만 봐도 9/11의 공격으로 죽은 이들보다 더 많은 미국인(5천 명 이상)이 코로나 바이러스로 사망했다. 뉴욕시에서만도 지난 삼십 일 동안 천 명 이상의 사람들이 사라졌다. 이 숫자를 보고 나는 래리 크레이머Larry Kramer가 에이즈 시대 초기인 1983년에 〈뉴욕네이티브New York Native〉 3월호에서 발표한 "1,112명 그리고 계속 증가 중"이라는 예언적인 에세이를 떠올렸다. 그러나 그 숫자는 확진자를 가리킨 것이지, 사망자를 헤아린 게 아니었다. 그로부터 삼십칠 년이 지난 지금, 세계보건기구에 의하면

전 세계에서 3,200만 명이 에이즈로 죽었다. 코로나19의 희생자는 궁극적으로 얼마나 될 것인가?

37

오늘 사진을 많이 찍었다. 하지만 사람보다는 사물들—표지판, 꽃, 가설 비계飛階—을 더 많이 찍었다. 거리에 사람들은 점점 더 드물어지고, 보이는 사람들은 겁에 질려 있거나 다가가기 어렵다. 그런데 오늘 여섯 시경에, 웨스트 4번 스트리트에서, 집 앞 계단에 앉아 음료수를 마시고 테이크아웃 해온 음식을 먹으면서 대화를 나누고 있는 젊은 사내 셋(내 짐작엔 이십 대 후반)을 봤다.

비현실적인 풍경이었다—사람들이 집 앞 계단에 나와 앉아 있다니! 다른 시간대—여름이면 어쩌면 가능해질까—혹은 백일몽 속에서 튀어나온 것 같았다.

나는 적당한 거리를 유지하면서 멈춰 선 뒤 인사를 건네고 내 카메라를 보여줬다. 그러고는 사진을 찍어도 되겠냐고 물었다. 그들 모두 "그럼요"라고 대답했다. 요즘 팬데믹 시대의 거리 사진을 찍으러 다니는 중이라고 했더니 세 사람이 거의 한 목소리로 "우리 걸렸었어요, 우리 다 코로나에 걸렸었어요"라고 말했다.

"뭐라고요?" 내가 말했다. "모두 그거에 걸렸었다고요?" 아마 무의식 중에 한두 걸음—그 이상이었을지도 모르겠다—물러섰던 것 같다.

셋 중 한 사람이 설명을 해줬다. 세 사람은 뉴욕대학병원의 마취과 레지던트들인데 그 병원에서는 이 병이 지구적 차원의 팬데믹이라는 게 분명해지기 전인 지난 2월에 코로나19가 휩쓸고 지나갔다고 했다. 그들은 처음엔 그저 독감인 줄 알았단다.

"우리 과 전체에서 적어도 절반, 어쩌면 그 이상이 걸렸어요." 자기들 셋을 포함해서 모든 사람들이 별다른 처치를 받지 않은 상태에서 그저 쉬기만 하면서 회복했다고 했다. "정말 고약했어요." 한 사람이 말했고, 나머지가 다들 "진짜 고약했어요"라고 동의했다. 꼭 독감 같았단다. 이들은 처음 이틀은 고열과 오한에 시달렸고 그 뒤로 너댓새를 더 앓은 뒤에 회복되었다. "전 그것보다 훨씬 훨씬 더 아팠는데 그래도 수업에 들어가고 병원에 출근도 해야 했어요" 한 사람이 이렇게 맞장구를 쳤고 모두들 웃음을 터뜨렸다. 그리고 실제로, 건물 앞 돌계단에 앉아 멕시코 음식을 먹고 있는 세 젊은이는 건강을 상징하는 그림처럼 보였다.

셋 중 한 사람 말로는 다들 코로나 바이러스에 대한 항체 검사를 받았는데, 모두들 항체를 가지고 있다고(병원의 다른 동료들 역시) 한다. 면역력이 생겼다는 얘기다. 그 뒤로 이 젊은이들은 연구용으로 자기들 혈장을 기부했고, 몇 주 전에 병원으로 복귀했다고 했다. 우리는 조금 더 이런저런 대화를 나누었다. 나는 그들이 하고 있는 일과 사진을 찍게 해준 것에 감사 인사를 건넨 다음 집으로 향했다.

뉴욕대학병원의 의사들
2020년 4월 2일

38

벌써 몇 년째 집에서 일을 해온 내 입장에서 상상하기에는, 집에 머물고 집에서 일해야 한다는 명령에 따르는 게 나 같은 처지에 있는 이들에게는 조금 더 쉬운 일인 것 같다. 게다가 나는 혼자 있는 걸 좋아하고 내성적인(낯선 사람에게는 예외지만) 사람이기 때문에, 이 또한 도움이 된다.

그럼에도 으스스하게 느껴지는 때가 있다. 무서운 건 아니고 그냥 으스스. 그럴 때는 제시가 와서 같이 이불을 뒤집어쓰고 있었으면 싶다.

더 고약한 건 밤낮없이 거세게 울어대는 바람이다. 마치 공포영화에서 음향효과를 과도하게 넣은 것 같은 소리인데, 문제는 두 시간이 아니라 열 시간, 열한 시간을 그렇게 울어댄다는 것이다. 나는 그 소리를 가라앉히기 위해 WQXR을 튼다. 부엌과 서재, 침실, 이렇게 세 공간에 놓여 있는 보스 라디오들이 이 한 채널에 고정되어 있다. 아파트 전체가 아름다운 소음으로 가득찬다. 올리버는 밤에 이렇게 하는 걸 좋아하곤 했다. 모든 라디오들을 한꺼번에 틀어놓고—제일 좋아한 건 바하를 듣는 거였다—마치 완벽한 온도 43.3도로 맞춘 목욕물에 몸을 담그듯이 음악에 흠뻑 젖는 것.

오늘 밤엔 초조하게 서성거리면서 걱정에 빠져 있던 중에, 클라라 슈만의 곡 때문에 발을 멈춘다. 나중에 찾아본 바로는 〈세 곡의 로맨스, 작품번호 11Three Romances, Opus 11〉이라고 한다. 모르는 곡이었다. 나는 세 대의 라디오들 사이 중간쯤에 서서 눈을 감는다. 황량한 피아노 소리가 고스트버스터처럼 내 아파트 안에서 스산하게 울부짖고 있던 것들을 모두 몰아낸다.

창 밖을 내다본다. 거기엔 비어 있음—없음만이 있다. 8번 애비뉴 위로 마른 풀 뭉친 것들이라도 굴러갈 것만 같다.

클라라 슈만의 음악이 충만해진다.

39

사 년 전쯤의 빌리지, 어느 봄밤의 일이다.

멀지 않은 담배 가게에 들른다. 저녁 여섯 시. 바비가 자기 시간을 끝낼 무렵 알리가 다음 근무를 위해 들어섰다. 나는 둘이 같이 있는 걸 거의 본 적이 없다. 카운터에 서 있는 건 항상 둘 중 한 사람이다. 두 사람은 아주 활기차게 그리고 생동감 넘치게 무언가에 대해 이야기를 나눈다. 최소한 내게는 그렇게 보인다. 두 사람이 쓰는 말을 나는 단 한 마디도 알아듣지 못한다.

"이봐요. 이봐요?" 두 사람이 너무 열정적으로 대화하고 있어서 좀체 두 사람의 주의를 끌 수가 없다. 마침내 말을 끊고 들어서기로 한다. "지금 두 사람 뭘 가지고 다투는 거요? 그리고 지금 어떤 언어로 말하는 거요?"

"판자비." 알리가 첫 번째 질문은 무시하면서 대답한다. 바비는 가게 뒤 어딘가로 들어갔다. 알리가 마지막 잽을 먹이듯이 바비를 부른다. 알리는 즐거움을 감추지 못하고 있다. 쥐가 다시 돌아오면 가지고 놀려고 기다리고 있는 고양이의 모습이다.

잠깐의 시간이 흐른다. 두 사람 사이에 아무 일도 없었다는 듯이 바비가 뒤에서 돌아와 카운터에 서고, 나는 미소가 떠오르는 걸 어쩔 수 없다. 여기 두 사람이 나란히 서 있다. 나는 지난 칠 년 동안 이 두 사람으로부터 일요일 신문과 담배 마는 종이와 물과 킷캣과 맥주를 사곤 했다. 둘 다 옅은 갈색 얼굴에 늘 짓궂은 미소를 띄고 있는데, 한 사람은 무슬림이고 한 사람은 힌두다.

"어떻게 도와드릴까요?" 알리가 말한다.

"미스터 빌리, 무얼 도와드릴까요?" 사뭇 진지한 척하면서 바비가 말한다.

이제는 여기 왜 왔는지도 기억나지 않는다. 나는 아예 방향을 바꿔버린다.

"판자비 말 하나만 가르쳐줘요." 내가 말한다. "단어 하나만."

"오케이." 알리가 말한다.

"좋아요." 바비가 말한다.

두 사람이 나를 쳐다보면서 잠시 뜸을 들인다.

"잠깐, 생각 좀 해봅시다. 그러니까—음, 아름답다는 걸 판자비 말로 뭐라고 하나요?"

두 사람이 서로를 바라본다.

"소니sohni." 바비가 말한다.

알리가 고개를 끄덕인다. "예, 소니." 그러고는 덧붙인다. "하지만 남자에 대해서 말할 땐 소나sohna예요. 소나, 소니가 아니라."

알리는 나를 너무나 잘 알고 있다.

"좋은 정보예요—고마워요, 알리." 내가 말한다.

"천만에요, 친구."

안자르
2020년 4월 2일

40

올리버가 세상을 떠난 날, 알리는 내가 그 소식을 가장 먼저 알린 사람이었다. 알리는 '박사님'을 벌써 오랫동안 알고 있었고, 두 사람은 서로 애정과 존중을 나누는 사이였다. 알리가 카운터 뒤에서 돌아나와 나를 위로해주던 일을 기억한다. "박사님을 위해서 기도할게요." 그가 부드럽게 말했다. "그리고 선생님을 위해서도요."

그때 이후로 알리는 거의 가족 구성원처럼 내 삶에 항상 들어와 있었다. 물론 알리와 나 사이에는 현저한 차이들이 있다. 그는 헌신적인 무슬림이고, 파키스탄 출신 미국인이며, 물론 남편이고, 아버지고, 술을 입에도 대지 않는 채식주의자다. 그리고 나는, 글쎄. 열거한 모든 것에 해당 사항이 없다. 담배 가게

앞을 지나갈 때면 들러서 알리와 잡담을 나누지는 못하더라도 최소한 손을 흔들거나 인사는 한다. 만약에 내가 그냥 지나가면 알리가 CCTV로 보고 있다가 다음에 내가 들렀을 때 잔소리를 해댄다.

그러다가 담배 가게에서 알리를 본 지 석 주가 지났고, 심히 걱정되기 시작하고 있다. 알리가 이렇게 오래 보이지 않았던 적은 (한 주에 한 번 그가 쉬는 날을 제외하고는) 가족을 만나러 파키스탄에 돌아가 있을 때—알리는 이삼 년에 한 번씩 파키스탄에 다녀오곤 했다—뿐이었다.

나는 벌써 여러 번이나 그 가게에 고개를 들이밀고 그때그때 카운터를 보고 있는 이들—내가 본 적이 없던 사람들—에게 알리의 안부를 묻곤 했다. "알리 잘 지내요?"

예. 그 사람들은 항상 그렇게 대답했다. 잘 지내요. 하지만 그게 다였다. 몰랐던 걸까? 말하고 싶지 않았던 걸까?

엊그저께 그 가게 주인이 N-95 마스크를 쓰고 가게 앞에 나와 서 있는 걸 봤다. 우린 그 전에 몇 번 만난 적이 있었다. 나는 그에게 다가가 적당한 거리를 유지하면서 인사를 건넸다.

"알리는 어떤가요? 한참 못 봤어요. 아픈 건 아니죠, 그죠?"

"예. 알리는 아파요, 안됐지만." 주인이 말했다.

이런. 빌어먹을.

집에 돌아온 즉시 알리의 번호로 전화를 걸었는데 바로 음성사서함으로 넘어갔다. 가슴이 내려앉았다. 하지만 알리는 얼마 뒤에 전화를 걸어왔다. 그의 목소리를 들으니까 안심이 되고 마음이 풀렸다. 그 사실을 그에게도 말해줬다. "아프단 얘길 들었어요. 얘기 좀 해봐요—지금 어디예요, 좀 어때요?"

"집에 있어요. 예, 아파요." 그가 말했다. "아주아주 안 좋아요." 두 주 전에 시작됐다고 했다. 고열, 기침, 몸이 처지고, 먹을 수도 없고. "다 끝난 줄 알았어요." 알리가 말했다. "끝."

그가 들려주는 이야기 너머에서, 그의 목소리에서 두려움을 들을 수 있었다. 물어보지는 않았지만 그의 두려움이 자기 자신보다는 아내와 두 아이—둘 다 대학생이다—때문이라는 걸 알 수 있었다.

"열이 내리질 않았어요." 그가 이어서 말했다. "쉽지 않았어요, 쉽지 않았어요. 정말 아팠어요. 그런데 의사가 알약—항생제를 좀 줬어요." 알리는 "원격의료"를 통해 의사와 이야기할 수 있었다고 했다. 원격의료. 얼마 전까지만 해도 알리를 통해 듣게 되리라고는 상상도 못했던 용어였다. 마찬가지로, 내 입에서 나오리라고도 상상하지 못했다.

"그래서 약 먹고 좀 나아졌어요?"

내가 이렇게 묻자, 알리의 목소리가 처음으로 밝아졌다.
"아, 예. 열이 사라졌어요. 기침도요. 다행히도요. 이제는 다 괜
찮아요. 정말 다행이죠—"

"아, 정말 다행이에요. 가족은요? 부인하고 아이들은요?"

"다들 괜찮아요. 다들 안전해요, 건강하고. 다행이에요. 정
말로 다행이에요." 알리의 목소리가 떨렸다. 피곤한 듯했다. 아
주 많이.

나는 늘 생각하고 있겠다고, 나중에 다시 연락하겠다고 말
했다.

좋은 밤 보내기를, 우리는 서로에게 기원해줬다.

41

이번 경험은 아직 살아있는 동안에 삶을 조금씩 잃어버리는 것과도 같다. 내가 뉴욕에서 알고 있던―우리 모두가 알고 있던―모든 것들이 사라졌다. 상점, 식당, 콘서트, 지하철 타기, 교회 예배, 영화관, 박물관, 네일숍. 기억이 떠오를 때면 그게 사실인지, 그런 일이 정말 있었는지 의심이 들 지경이고, 그것들을 다시 상상하는 것도 불가능해보인다.

적어도 190센티미터는 넘어 보이는 키 큰 사내가―내 나이 정도치고는 미남이다―아주 작은 소녀(네댓 살 정도)와 함께 지하철 타는 곳에 서 있다. 소녀는 밝은 녹색과 핑크색으로 아주 깔끔하게 차려 입었고, 여러 가닥으로 땋은 머리카락은 밝은 핑

크 리본으로 묶어놓아 꽃이 활짝 핀 정원 같다.

사내의 피부는 커피콩과 같은 색깔에 커피콩처럼 반짝이고, 소녀의 피부는 캐러멜에 크림을 많이 섞어놓은 것 같다. 소녀는 사내의 손을 잡는다. 할아버지일 거야, 나는 속으로 생각한다. 지하철이 연착된다. 사내는 소녀의 양쪽 손을 마주 잡고 머릿속에서 떠오르는 음악에 맞춰 춤을 추면서 소녀의 관심을 다른 데로 이끈다. 소녀가 키득거린다. 사내가 소녀의 손을 놓자 소녀는 자기 혼자서 춤을 추고 이번에는 사내가 웃는다. 작은 소녀는 지하철의 승강장에서 자유롭게 춤을 춘다. 달콤하고 동시에 매혹적인 모습이다. 리듬이 그 작은 몸에 어떻게 둥지를 틀고 있는지 훤히 보인다.

지하철이 도착하고, 사내가 거대한 손으로 소녀의 고양이 발만 한 손을 잡으며 열차 안으로 소녀를 인도해 들어간다. 두 사람은 내 맞은편에 앉는다. 작은 소녀는 큰 사내의 무릎 사이에 안전하게 결속된다.

"사랑스러워요." 나는 참지 못하고 그렇게 말하고 만다. "그런데 그 머리카락—직접 해주신 건가요?"

사내가 고개를 끄덕인다. 별일 아닌 것처럼. "방법을 배워야 했어요. 딸이 여섯입니다. 비브는 막내예요."

사내가 미소를 짓는다. 우수 같은 것이 슬쩍 스쳐 지나간다. 작은 소녀가 아빠를 올려다본다. 사내는 작은 물병을 열어 소녀의 입에 대어준다. 소녀가 한 모금 마신다.

42

밤 시간. 길 맞은편에 주차되어 있는 차에서 살사 음악이 들려온다. 다른 소리는 들리지 않는다. 오직 살사 음악.

여름밤의 스포캔(워싱턴주의 소도시—옮긴이)에 있다고 해도 될 정도다.

그 정도로 맨해튼이 조용하다.

이 정적 속에서, 내 마음이 제일 먼저 찾아가는 곳은 몇 년 전의 한 때다.

금요일 밤의 늦은 시간이다. 밤 열한 시쯤.

내가 사는 건물의 엘리베이터에서 내리자 옆집에 사는 이웃이, 자주 하던 대로, 로비에서 부산스럽게 왔다갔다 하는 모습이 보인다. 금연에서 오는 금단증상으로 안절부절못하는 사람의 초조한 모습 그대로다(알렉스는 지금 담배를 완전히 끊으려 하고 있다). 하지만 알렉스만 그렇게 초조해하고 있는 게 아니다. 여간해서는 동요하지 않는 도어맨, 비니도 마찬가지다.

"왜 그래요?" 내가 묻는다.

"밖에 벌거벗고 망토만 걸치고 있는 사내가 서 있어요." 알렉스가 우렁우렁한 목소리로 말한다.

알렉스 말투가 원래 그렇다.

물론 내가 잘못 들었을 거다. 올리버처럼. 올리버는 하루 종일, 매일 같이 무언가를 잘못 듣기 때문에 사는 일 자체를 초현실적인 경험으로 만들곤 했다.

"옙." 비니가 문을 지키고 선 채 확인해줬다.

밖을 내다본다. 그런데 내 눈에 들어오는 건 "밖에 벌거 벗고 망토만 두른 사람이 있다"는 말을 들었을 때 기대하게 되는—핼러윈 의상 같은, 혹은 그게 결여된 것 같은—그런 모습이 전혀 아니다. 전혀. 키 큰 사내가 길 반대편 모퉁이에 완전히 벌거벗고 목 언저리에 천쪼가리를 하나 두른 채 서 있다. 알렉스와 나는 밖으로 나선다. 거리는 승용차와 택시로 꽉꽉 막혀 있다.

"무슨 약을 얼마나 했길래—"

나는 고개를 끄덕인다. 그거 말고는 이해할 방법이 없지.

"반바지를 입어야겠어." 알렉스가 덧붙인다.

이해가 안 된다. 알렉스는 이미 반바지를 입고 있다. 알렉스는 이제 전화기에 대고 말한다. "어, 아무거나—그 낡은 갭 반바지 있잖아—티셔츠도!" 그가 소리를 지른다. 알렉스는 저 위 자기 아파트에 있는 자기 아내에게 말하고 있다.

바로 그때, 벌거벗은 사내가 차들 사이를 뚫고 도로를 건너 마치 자석에 이끌리기라도 하듯 우리를 향해 오고 있다.

알렉스는 담뱃불을 붙인다. 당황한 모습이 아니다. 틀림없이 이 사람은 이런 걸 수도 없이 봤으리라. 알렉스는 식당을 가지고 있고 인생의 대부분을 이스트 빌리지의 밤 시간에 보내는 사람이다. 그런데 정반대로 "뉴욕에 그렇게 오래 살았지만 이런 건 처음 봐"라고 말한다.

"저도요." 비니가 중얼거린다.

우리가 이 광경을 지켜보는 동안 알렉스는 곧 아파트를 팔고 이사할 거라고, 아마도 맨해튼 바깥으로 갈 거라고 말한다. "그런데 이런 광경은 그리울 거야."

알렉스는 한 모금 길게 빨아들인다.

알렉스의 아내가 나타날 무렵, 벌거벗은 사내도 우리가 있는 쪽으로 거의 다 왔다. 그런데 그가 갑자기 돌아서서 다른 방향으로 향하기 시작한다. 알렉스는 옷을 들고, 우리 둘은 사내를 따라간다.

"아저씨, 이거 입어요." 클럽의 보안요원이 누군가를 길바닥에 내팽개칠 때 보여주는 정도의 동정심을 가지고 알렉스가 말한다. "이러다 경찰하고 문제 생기면 어쩌려고 그래요. 체포되고 싶어요?"

사내는 옷을 받아들지만 이해가 안 가는 눈빛이다. 그제야 나는 그가 두르고 있던 망토가 병원 가운이라는 걸 알아챈다. 응급실이나 정신병원에서 빠져나온 게 틀림없다. 우린 그 사내가 반바지를 들고, 그러나 그걸 입기 위해 멈춰서지는 않은 채 휘청거리며 8번 애비뉴를 걸어 올라가는 모습을 지켜본다.

"그래도 시도는 했잖아요." 나는 알렉스에게 말한다. "멋졌어요."

알렉스는 별것 아니라는 듯 어깨를 으쓱한다. "저 사람이 벌거벗었든 약을 했든 내가 신경 쓸 건 아니죠. 근데 제 정신이 아닌 거 같아서요. 구급차는 불렀어요. 차에 치이거나 유치장에 들어가기 전에 병원으로 돌아가야 할 텐데."

알렉스는 자기 아내의 손을 잡고 다른 방향으로 걸어간다.

사이렌 소리가 들려오기 시작할 때 **이웃간이라는 건 저런 거지** 하는 생각이 떠오른다. 상대에게 큰 문제가 생기지 않을 정도로는 신경을 쓰지만, 자기가 그의 인생이나 문제에 완전히 휘말려들지는 않는 관계. 이 도시는 너무나 밀도가 높고, 너무나 긴장되어 있고, 너무나 촘촘하고, 너무나 스트레스가 심하고, 너무나 더럽고, 너무나 다양하고, 외부와의 접촉면이 너무나 거칠고, 다들 자신의 감정을 너무나 투명하게 드러내서, 이따금씩 낯선 사람의 도움을 얻지 않으면 살아남을 수가 없다.

UPS 배달부

2020년 4월 14일

43

내 친구 케이트가 들려준 이야기.

"어제 롱아일랜드시티에 있는 우리 회사에서 윌리엄스버그
의 집까지 자전거를 타고 가다가 빨간불에 걸려서 어떤 차 옆에
섰는데, 그 차를 몰고 가던 남자가 내가 소매로 코를 훔치는 걸
봤나봐(그냥 날이 추워서 그렇게 된 건데). 휴지를 한 뭉치 뽑아서
건네주는 거야. "휴지 필요해요? 깨끗한 거예요."

"코로나 전이었으면 받았겠지만 지금은 뭘 만지는 게 너무
무서워! 웃으면서 고맙지만 됐다 그랬지. 그랬더니 다른 손으로
아예 휴지상자를 들고 창밖으로 내미는 거야."

"정말?"

"내가 웃으면서 그랬지. '정말 괜찮아요, 하지만 정말 고마

위요.'"

"그 사람은 '알았어요, 안전하게 지내세요.' 하고는 출발했
어. 정말 뉴욕적인 순간이지. 이런 식의 기대하지 않았던 대화,
친절한 제스처 같은 것들이 생각나서 그리워지더라고. 내 생각
에, 우린 모두 일종의 PTSD(외상후스트레스장애)를 겪게 될 거
같아. 난 벌써 겪고 있는 거 같고. 결국엔 우리 모두가 이걸 통
해 연결돼 있잖아. 그리고 지금 뉴욕에 살고 있는 (대부분의) 사
람들이 보여주는 조심성과 자각, 이런 게 너무 자랑스럽다는 걸
얘기하고 싶어."

44

일요일 오후 한 시 이십 분에 모르는 번호로부터 전화가 왔다. 받지 않았다. 지역번호는 215였는데 발신인이 누군지 표시되지 않았다.

내가 아마 아파트에 혼자 있으면서 좀 외로웠던 거 같다. 어쩌면 친구일지도 몰라—누가 새 번호를 받았나? 이런 생각이 다 들었던 걸 보면.

문자를 보내보기로 했다. "누구시죠? 이름이 안 떠서요." 나는 이렇게 썼다.

"미세스 M" 답신이 바로 왔다. 문자 내용은 그게 다였다.

미세스 M… 미세스 M이라는 이름으로는 아는 사람이 없다. 있나? 그런 사람이 떠오르지 않는다. 그래서 관심을 끊었다.

하지만 같은 번호—이 지역번호는 필라델피아 번호다—에서 화요일에 다시 전화가 걸려왔고 음성메시지가 남겨졌다.

왜 그런지는 모르겠지만 나는 음성메시지 확인하는 걸 싫어한다. 일에 붙들려 있다가 오늘이 돼서야 아이폰이 문자로 바꿔준 걸(자주 그런 것처럼 좀 엉터리로 바꿔놨지만) 읽었다.

이런 내용이었다.

"안녕하세요. 수잔 M_____이에요 어떠신가 해서요. 음, 아까 문자 보내신 거 받았고요. 이런 시기에 어떻게 지내시나 궁금해서요. 아무 때나 전화하시거나 문자 주세요. 그래요 곧 통화해요. 잘 지내시기 바라요. 감사합니다. 안녕히 계세요."

흠, 아무리 생각해봐도 이 '수잔'이라는 사람은 모르겠지만, 아주 친절한 메시지다. 그래서 그 번호로 다시 전화를 걸었다. 벨이 한 번 울리자마자 그 사람이 전화를 받았다.

"전 빌이라고 합니다. 저한테 전화하셨어요? 그런데 어, 맞는 번호로 건 거 확실하신가요? 문자 보내신 거 봤습니다. 미세스 M?"

"오, ___씨가 아니군요" 그녀가 말했다. "_____의 아버지요."

"아닙니다."

"아니세요?"

"아닙니다. 여긴 애 없어요."

잠시 침묵.

"전 뉴욕에 삽니다." 내가 덧붙였다. "누구한테 연락하려고 하신 거죠?"

미세스 M은 다시 말이 없다가 이렇게 말했다. "전 _____에서 일하는 특수교육 교사입니다. 이제 원격교육을 시작할 건데 그 전에 학생들이 모두 준비됐나 확인해보는 중이에요. 기술적인 거나 또 이런저런 것들—"

"아, 멋지네요, 훌륭하신 선생님 같고요. 그런데 음, 틀린 번호를 가지고 계신 거 같아요—"

우리는 번호를 비교해봤다—미세스 M이 가지고 있는 건 내 번호가 맞았다. 번호를 하나 빠뜨렸거나 잘못 받아적은 모양이다. "오…" 미세스 M은 어떻게 해야 할지 몰라 걱정스러운 목소리였다.

우리는 잠시 이야기를 나누었다. 나는 그녀에게 어떻게 지내는지 물었다(잘 지낸다고 했다). 그녀는 내게 어떻게 지내는지 물었다(잘 지낸다고 대답했다). 나는 그녀에게 내가 작가이고 사진가라고 말했다.

"이제 제 번호를 가지고 있으시니까 교사들에 대해 이야기하기 위해 필요한 게 있으면 전화 주세요. 원격으로 특수교육을 진행하려고 하는 건—그건, 그건—"

"정말 어렵겠어요." 내가 말했다.

"미세스 M은 다르게 표현했다. "도전이죠…"

나는 좀 이상한 방식이기는 했지만 당신을 만난 건, 그러니까 친절한 타인과 이렇게 연결된 건 즐거운 경험이었다고 말했고, 안녕을 빌어줬다. 그녀도 나의 안녕을 기원했다.

나는 미세스 M에게 작별 인사를 했다.

첼시의 사내들
2020년 4월 19일

보안순찰요원들, 첼시 임대주택단지
2020년 4월 19일

45

오늘은 소방차 옆에서 쉬고 있는 소방관 두 명을 만났다. 사진을 찍어도 되겠냐고 했더니 안 된다고 했다. 우리는 잠시 이야기를 나누었다. "시내가 이렇게 조용해졌는데 다른 것들도 좀 조용해졌나요?" 내가 물었다.

둘 중 한 사람이 고개를 저었다. "불하고 심장마비는 여전히 있어요." 그가 말했다.

46

에스코트 서비스에 종사하는 친구들이 몇 있다. 그중 몇몇은 내가 사진을 찍기도 했다. 길에서 영업하는 이들, 렌트맨, 고고보이, 혹은 마사지사를 하면서 한쪽으로 매춘도 하는 이들. 그중 두세 사람은 시간당 삼백 달러를 받고, 주말 내내 '남자친구 경험'(하루에 최소한 2회 이상 오르가즘 제공)을 원하는 이들에게는 기본 이천 달러에 비용을 따로 받는다. 자신의 몸과 미소, 그리고 성격만 가지고 한 해에 십오만 달러를 번다. 하지만 지금은? 팬데믹은 그들을 한데로 내몰았다. 영원히 그렇게 될지도 모르겠다.

하지만 여전히 전화를 하는 이들이 있다.

"제발 와달라고 애원하는 메시지를 보내는 고객들이 있어

요. 두 배, 세 배, 내가 원하는 만큼 주겠다고 하면서요!" 클로이
라는 이름으로 알려져 있는 내 친구 스캇이 문자를 보내왔다.
물론 줌으로 섹스를 하거나 옛날식으로 폰섹스를 할 수도 있
겠지만, 스캇이 덧붙인다. 가격이 다를 것이고, 그뿐 아니라 어
쨌거나 그건 같은 게 아니니까. "사람들이 다 몸을 만지고 직접
접촉하는 걸 못해서 난리예요."

그건 나 역시 마찬가지다.

"컴퓨터 화면에 키스를 할 수는 없는 거니까." 이렇게 답신
을 보낸다.

47

뉴욕에서 벌써 며칠째, 하루에 800명씩 죽어가고 있다. 대부분은 뉴욕시고, 이 사망자들의 대부분은 가난한 사람들과 노동계급이 몰려 있는 브롱크스와 퀸스 구역에서 나왔다. 800명. 나로서는—우리 중 누구에게나 그렇겠지만—완전히 이해하기 어려운 숫자다. 찾아가는 이가 없는 시신들은 브롱크스에서 얼마 떨어지지 않은 하트 섬의 공동묘지에 매장되고 있다. 막연히 두려운 차원을 넘어서는 이야기다. 물론 그 필요성을 이해는 한다. 하지만 그래도, 왜 그 시신들을 화장하지 않는 건지 의아한 건 어쩔 수 없다. 커다란 구덩이에 시신들을 던져넣는 것보다는 그 쪽이 존엄성을 지켜주는 방법 아닐까 싶은데.

마지막 침상 옆에 앉아 작별 인사를 하고 이마에 입맞춤을 해주지도 못하는(병원에는 아무도 방문할 수 없다) 가족, 배우자, 자식들의 고통은 또 얼마나 클지 나로서는 상상도 할 수 없다. 게다가 중환자실에 격리되어서 호흡기를 낀 채 사랑하는 사람이나 가족들 얼굴도 보지 못하고 누워 있는 환자들은 또 얼마나 두려울까. 방금 나는 하루만에 자신이 돌보던 환자 세 사람을 영상통화로 가족들과 작별할 수 있게 해준 어느 젊은 의사에 대한 기사를 읽었다. 그나마 없는 것보다는 나았겠지. 그런 기술이 나와 있다는 것에 고마워해야 하겠지.

나는 동시에 올리버의 죽음을 떠올린다. 이와 비교했을 때 올리버의 죽음은 얼마나 부드러운 것이었는지, 죽음이란 게 얼마나 온화한 일일 수 있는지에 대해 생각한다. 올리버는 원하던 대로 자기 집 침대에 누워서, 그의 오랜 친구인 케이트와 내가 침대 양쪽에 있는 가운데 세상을 떠났다. 호스피스 간호사가 옆에 서서 마지막 단계에 대해 조언을 해주고 우리를 안내해줬다. 올리버가 눈을 감은 뒤, 우리는 장의사가 도착해서 그를 장례식장으로 운구할 때까지 올리버와 함께 머물 수 있었다. 내가 듣기로는 코로나로 인한 사망자들의 대다수는 지구상 어디에서도 그런 평안과 의식을—그 가족들도 마찬가지로—누리지 못하고 떠난다.

허드슨강에서의 평화
2020년 4월 4일

48

밤 아홉 시 이십오 분. 세 명의 기마 경찰관이 고요한 8번 애비뉴를 순찰하고 있다. 차도, 사람도 없다. 열려 있는 창문을 통해 들려오는 말들의 따각, 따각, 따각 하는 말발굽 소리가 마음을 평안하게 하는 데가 있다.

동시에, 나는 장례마차를 떠올린다.

49

네 번의 겨울 전의 일이다. 나는 그리니치 애비뉴의 신호등에 서 있다.

내 옆에 선 어떤 젊은 커플이 맞은편의 커다란 아파트 건물을 보고 있다. 25층쯤 되는 높이의 전쟁 전pre-war(건축에서는 대략 1900년~1940년의 시기를 가리킨다—옮긴이) 브라운스톤 건물이다. 커플은 건물 꼭대기를 올려다보며 경탄의 미소를 짓고 있다. "오, 저 창문들 좀 봐! 저 천장들 좀 봐!"

"저기에 살면 멋질 거 같지 않아요?" 내가 둘에게 말한다.

신호가 녹색으로 바뀐다.

"그럴 거 같아요!" 우리 모두가 발길을 옮길 때 두 사람이 동시에 말한다.

"그럽시다." 내가 덧붙인다. "저기서 삽시다."

"좋아요." 소년이 말한다.

"예, 정말로요." 소녀가 말한다.

"여기에 돈을 넣고 싶은, 우리 같이 쿨한 사람들 한 서른 명만 모집하는 거예요. 그럼 저기서 살 수 있을 거예요." 마치 합의 사항을 마무리한다는 듯 소년이 덧붙인다.

"나 참여." 내가 말한다. "당신들 둘은요?"

"물론이죠."

"하지만 저 건물 안에서 제일 좋은 데라야 돼요." 내가 덧붙인다.

"작은 탑 있는 저기요." 소녀가 말한다.

우린 길모퉁이까지 왔다. 나는 나를 가리키며 말했다. "빌리, 내 이름은 빌리예요."

"저는 레이첼." 소녀가 말한다.

"에이덤이에요." 소년이 말한다. "연락해요, 빌리. 연락할게요."

우리는 전화번호를 교환하는 데까지는 미치지 못한다. 두 사람은 왼쪽으로 간다. 나는 곧바로 간다.

"굿 나잇." 나는 두 사람에게 어깨 너머로 인사를 건넨다.

50

텅 빈 거리와 인도, 셔터를 내린 상점들을 바라보고 있는데 한 친구가 말한다. 이걸 연대의 표시로 보자고. 모두들 자기 자신과 다른 사람들의 건강을 유지하기 위해 할 수 있는 최선을 다하고 있는 거라고.

이 말을 기억하기 위해 애쓴다. 동네를 돌아다닐 때 스스로에게 이 말을 상기시키고 입속에서 중얼거린다. **연대, 연대.** 그렇게 하는데도 한때 그토록 붐비던 이 거리에서 생명이 사라진 게 슬프고 혼란스러운 걸 부인하기는 어렵다.

그러다가 한 친절한 사람을 만난다. 14번 스트리트에 있는 작은 개인 약국의 약사. 그는 사람들에게 일회용 마스크를 두 개씩 나눠 주고 있다. 아무것도 묻지 않고, 물건을 사지 않아도

되고, 손님이든 노숙자든 관계없다. (가게 유리창에 그렇게 써 붙여놓았다.) 나도 마스크가 없다—프랜차이즈 약국에서 구할 수도 없고, 정부에서는 물론 나눠 주지 않는다. 나는 그동안 내 속옷과 천으로 된 냅킨으로 직접 만든 걸 사용해왔다—그래서 잠겨있는 약국 문을 두드렸다. 즉시 약사가 나와서 문을 열더니 내가 마스크를 청하자 밀봉된 봉투에 들어 있는 것 두 개를 건네주었다. 그걸 받는 게 감사했고 그에게 그렇게 말했다. 약사의 이름은 미처 보지 못했다. 나는 그에게 팁을 주고 싶다고 했다. 그는 거절했다.

별빛이 떠난 거리

14번 스트리트의 약사
2020년 4월 9일

51

팬데믹 시대 미합중국의 오십칠 일:

5월 7일 목: 확진자 1,292,623명, 사망자 76,928명*

5월 6일 수: 확진자 1,263,183명, 사망자 74,807명

5월 5일 화: 확진자 1,237,633명, 사망자 72,271명

5월 4일 월: 확진자 1,212,900명, 사망자 69,921명

5월 3일 일: 확진자 1,188,122명, 사망자 68,598명

5월 2일 토: 확진자 1,160,774명, 사망자 67,444명

5월 1일 금: 확진자 1,131,492명, 사망자 65,776명

4월 30일 목: 확진자 1,095,304명, 사망자 63,871명

4월 29일 수: 확진자 1,064,533명, 사망자 61,668명

4월 28일 화: 확진자 1,035,765명, 사망자 59,266명

4월 27일 월: 확진자 1,008,043명, 사망자 56,649명

4월 26일 일: 확진자 987,322명, 사망자 55,415명

4월 25일 토: 확진자 960,896명, 사망자 54,265명

4월 24일 금: 확진자 925,038명, 사망자 52,185명

4월 23일 목: 확진자 880,204명, 사망자 49,845명

4월 22일 수: 확진자 848,994명, 사망자 47,676명

4월 21일 화: 확진자 824,147명, 사망자 45,318명

4월 20일 월: 확진자 792,759명, 사망자 42,514명

4월 19일 일: 확진자 764,177명, 사망자 40,665명

4월 18일 토: 확진자 735,086명, 사망자 38,910명

4월 17일 금: 확진자 700,282명, 사망자 36,997명

4월 16일 목: 확진자 671,425명, 사망자 33,286명

4월 15일 수: 확진자 638,111명, 사망자 30,844명

4월 14일 화: 확진자 609,240명, 사망자 26,033명

4월 13일 월: 확진자 581,918명, 사망자 23,608명

4월 12일 일: 확진자 556,044명, 사망자 22,073명

4월 11일 토: 확진자 527,111명, 사망자 20,506명

4월 10일 금: 확진자 501,560명, 사망자 18,777명

4월 9일 목: 확진자 462,385명, 사망자 16,595명

4월 8일 수: 확진자 432,132명, 사망자 14,817명

4월 7일 화: 확진자 398,185명, 사망자 12,844명

4월 6일 월: 확진자 368,079명, 사망자 10,923명

4월 5일 일: 확진자 337,072명, 사망자 9,619명

4월 4일 토: 확진자 312,237명, 사망자 8,502명

4월 3일 금: 확진자 277,953명, 사망자 7,152명

4월 2일 목: 확진자 245,070명, 사망자 5,949명

4월 1일 수: 확진자 215,417명, 사망자 5,116명

3월 31일 화: 확진자 188,172명, 사망자 3,873명

3월 30일 월: 확진자 160,020명, 사망자 2,953명

3월 29일 일: 확진자 140,886명, 사망자 2,467명

3월 28일 토: 확진자 122,666명, 사망자 2,147명

3월 27일 금: 확진자 103,942명, 사망자 1,689명

3월 26일 목: 확진자 83,507명, 사망자 1,201명

3월 25일 수: 확진자 69,197명, 사망자 1,050명

3월 24일 화: 확진자 51,542명, 사망자 674명

3월 23일 월: 확진자 46,332명, 사망자 610명

3월 22일 일: 확진자 33,276명, 사망자 417명

3월 21일 토: 확진자 26,138명, 사망자 323명

3월 20일 금: 확진자 19,352명, 사망자 260명

3월 19일 목: 확진자 13,680명, 사망자 200명

3월 18일 수: 확진자 8,017명, 사망자 143명

3월 17일 화: 확진자 6,362명, 사망자 108명

3월 16일 월: 확진자 4,427명, 사망자 86명

3월 15일 일: 확진자 3,486명, 사망자 66명

3월 14일 토: 확진자 2,695명, 사망자 58명

3월 13일 금: 확진자 2,100명, 사망자 48명

3월 12일 목: 확진자 1,663명, 사망자 40명

*사망자 가운데 3분의 1 이상이 뉴욕에서 나왔다.

(출처: 존스 홉킨스 코로나19 현황판과 www.worldometers.info/
coronavirus/)

34번 스트리트 근처의 도어맨
2020년 4월 14일

52

이 위기 상황 덕에 얻게 된 몇 가지 긍정적인 것들 중 하나는 많은 이들이 소원해졌던(대개는 어쩌다 보니 그렇게 됐던) 사람들과의 우정을 회복하게 됐다는 것이다. 이건 우리한테 시간 여유가 조금 더 생겼기 때문이기도 하지만, 그보다는 인생이 얼마나 가슴 아플 정도로 짧은지 우리가 깨닫게 됐기 때문이다. 몇 년간 만나거나 대화도 해보지 못했던 많은 친구들과 지난 대여섯 주 동안 문자로, 전화로, 줌으로 혹은 영상통화로 다시 만났다. 그중에는 내 옛 친구 마크처럼 섹스만 나누던 파트너들도 몇 명 있다. 마크와 나는 3월의 어느 날 밤 인스타그램을 통해 문자를 주고받기 시작했다. 처음에는 서로 추파를 던지는 걸로 시작했다. 우리 둘 다 집 안에 혼자서 격리되어 있는 형편이라 성적으로 긴장되어 있는 상태였고, 부끄러운 줄 모르는 셀피를 몇 장 주고받았다. (그가 섹시한 속옷을 그렇게 많이 가지고 있는 줄은 전혀 몰랐다.) 마크는 내가 사는 곳에서 불과 10킬로미터쯤 북쪽에, 역시 뉴욕 시내에 살고 있지만, 우리가 마지막으로 만난 건 최소한 일 년, 어쩌면 일 년 반 정도 전의 일이었다. 마크는 훌륭한 음악 리스트를 만들어서 그중 몇 곡을 자신의 사진과 함께 보내왔다. 마크는 그 리스트를 "팬데믹 시대의 플레이리스트"라고 불렀는데, 우리 둘 다 좋아하는 옛날 R&B 곡들이었다.

그로부터 며칠이 지난 뒤부터 소식이 없었지만 별다르게 생각하지는 않았다. 이틀 전쯤 연락을 해봤다.

"어떻게 지내시나." 그저 일상적인 문자였다.

"불행하게도 바이러스한테 당했어. 토요일부터 증상을 느끼기 시작해서 월요일에 의사하고 연결이 됐고 그후로 엄격한 자가 격리 중이야."

"세상에. 좀 어때?"

"화요일하고 수요일은 안 좋았어. 열이 계속 39도를 찍고… 오한이 들고 몸살, 두통, 피로, 거기에 냄새와 맛을 못 느끼고 최근 들어서는 어지럼증하고 구토가 있고—"

"빌어먹을, 전부 다구만—힘들겠다—"

"그리고 목도 아프고—망할."

내가 할 수 있는 거라곤 답 문자를 보내면서 장미 이모티콘을 세 송이 한 줄로 나란히 보내는 것 밖에 없었다.

그 친구가 정말 안되었기에 내가 어떤 식으로든 도울 만한 게 있는지 물었다—식료품이나 저녁 식사를 주문해준다든지?

"아냐, 목도 아프고 계속 토하기도 해서 뭘 먹을 수가 없어. 돈 낭비하지 마. 물만 마셔도 속에 안 들어가 있고 바로 올라와. 그래도 계속 노력은 하고 있어."

"얼음 조각을 한번 먹어보면 어때?"(내가 알기로 탈수가 계속 되면 문제가 커질 수 있다. 특히 혼자 있으면 섬망이 생길 수도 있다.)

마크는 그렇게 해보겠다고 하면서, 자기는 흉통이나 숨 가쁨 증세는 없다고 말했다. 그건 좋은 신호였다. 최소한 고위험군에 속하지는 않는 셈이다.

"조금 있으면 다 지나갈 거니까 걱정은 안 해. 지나갈 때까지 버티면서 내가 할 수 있는 걸 하는 거야."

"자세가 됐네." 내가 문자를 보냈다. "아무튼 뭐든 필요하면 연락해. 항상 여기 있으니까."

"고마워. 난 정말 건강을 다시 되찾았으면 좋겠어."

"그렇게 될 거야, 되찾을 거야."

한 주 뒤에 다시 연락을 했을 때 마크는 훨씬 나아졌다고 했다. 거의 원 상태로 회복됐다고.

농산물직판장에서의 키스
2020년 4월 11일

53

"선물 줄 게 있어요." 제시가 느닷없이 문자를 보내왔다. "잠깐 들러도 괜찮을까요? 근처에 있어요."

"오, 그래? 물론이지."

나는 아파트를 뒤져서 답례용 선물로 작지만 완벽한 걸 찾아냈다. 그리고 입구 데스크에 맡겨놨다.

제시는 내 아파트 건물로 오는 동안 전화를 걸었다. 한 블록 저쪽에서 캔버스천 재킷을 입고 모자를 쓴 채 걸어오는 모습을 볼 수 있었다. 나는 창문을 열었고, 제시는 창문 아래 인도에 서서 마스크를 내렸다. 우리는 잠깐 대화를 나눴다. 다니는 차가 없으니 소리는 완벽하게 들렸다. 여덟 층이 우리 사이에 있었지만, 그의 얼굴과 미소를 보니 즐거웠다. 머리를 잘라주고

별빛이 떠난 거리

싫었다. 머리가 무척 길어 있었다.

"알아요, 알아요." 소년처럼 손으로 머리를 쓰다듬으며 제시가 말했다.

요즘 같은 시절 한가운데서, 진정으로 달콤한 한 순간이었다. 나는 작별 인사를 하면서 입맞춤을 날려보냈다. 창문을 닫고, 장갑을 끼고, 내 선물을 가지러 계단을 달려 내려갔다.

그늘에 앉아 있는 노인 - 차이나타운
2020년 5월 30일

54

두 번인가 세 번의 여름 전, 14번 스트리트의 5번 애비뉴 근처에서 목깃이 높은 긴 드레스를 입고 있는 매혹적인 젊은 아가씨를 봤다. 미간이 좁고 머리는 뒤로 넘겨 빗었다. 아마 여호와의 증인 같았다.

"제 사진을 찍는 대신, 예수님을 마음에 받아들여보시는 건 어때요?" 사진을 찍어도 되겠느냐고 물었을 때 그 아가씨가 한 말이었다.

나는 카메라를 내려놨다.

"이미 받아들이고 있는지도 모르겠는데요" 나는 허물없이 웃으면서 이렇게 대답했다. "어쩌면 이미 내 마음속에 그 분을 받아들여놓고 있는지도 몰라요."

그 아가씨는 무어라 대꾸해야 할지 모르겠다는 표정으로 나를 쳐다봤다.

"예수님은 사랑이신가요?" 나는 그 아가씨에게 물었다.

"예."

"그러니까요, 그것 봐요."

55

뉴욕시의 사망자 수가 어제 날짜로 1만5천 명을 넘어섰다. 같은 날 나는 내 아파트에서 예닐곱 블록쯤 떨어진 첼시 임대 주택단지에서 야외 관리 일을 하고 있는 넬리를 만났다. 세 시 쯤 카메라를 들고 나갔다가 빈터에 세워놓은 트럭에 앉아 생각에 잠겨 허공에 시선을 두고 있는 그녀를 봤다. 놀래키고 싶지는 않았다.

"잘 지냈어요? 지낼 만해요?"

"피곤해요."

"왜 안 그렇겠어요."

"보름 동안 내내 일했어요."

"보름 동안―쉬는 날 하루도 없이요?"

넬리가 고개를 끄덕였다.

"앞으로는요?"

"화요일에요—화요일에 쉬게 될 거예요."

"어휴, 이렇게 해주는 거 정말 고마워요. 이렇게 나와서 일해주는 거." 내가 말했다. "힘들겠죠—내가 상상할 수 있는 것 이상으로."

"내 파트너가 수요일에 죽었어요—같이 일하는 동료가." 그녀는 옆의 빈자리를 돌아봤다. 그녀의 파트너가 늘 앉던 자리였겠구나 싶었다.

넬리는 고개를 흔들었다. 무언가 말이 안 되는 걸 이해해보려 애쓰는 사람처럼. "겨우 마흔두 살이었어요. 건강한 남자였죠. 힘도 세고! 그냥—갔어요—그렇게—"

무어라 말해야 할지 알 수가 없었다. 간신히 할 수 있는 말이라고는 안됐다, 정말 안됐다는 것뿐이었다.

넬리가 고개를 끄덕였다.

"그래서, 지내는 건 어때요? 가족들은 잘 지내나요?"

"다들 괜찮아요. 다들 건강하고—하나님한테 감사하죠."

"맞아요, 맞아요…."

"하나님한테 감사하죠." 넬리가 말했다.

풀턴하우스의 야외관리인, 넬리
2020년 4월 19일

56

백십오 년 역사상 처음으로, 뉴욕의 지하철이 이십사 시간 운행을 멈추게 됐다. 오늘부터 모든 지하철 노선이 새벽 한 시부터 다섯 시까지 운행을 멈추고 소독 작업을 하게 된 것이다.

이 소식을 들었을 때 제일 먼저 떠오른 이미지는 개심술開心術이었다. 이 수술 장면을 참관할 기회가 한 번 있었는데, 매혹적이긴 했지만 몇 시간이나 걸리는 끔찍한 수술이었다. 의사들은 환자의 심장을 일시적으로 멈추고(그 기능은 기계가 대신하게 된다), 손상된 동맥에 대한 목숨을 구하는 수선 작업에 들어간다. 그때도 알고 있었고 지금도 알고 있는 사실인데, 그건 반드시 해야만 하는 일이었지만, 심장의 작동을 멈췄는데도 사람을 살려놓을 수 있다는 그 아이디어는 어딘가 사람을 매우 불편하게 만드는 구석이 있다. 그 심장은 리부팅을 하고 나면 다시 작동할 수도 있고—새것처럼 혹은 그것보다 더 잘—그렇지 못할 수도 있을 것이었다. 영원히 제대로 회복하지 못할 수도 있을 것이었다. 영원히 깨어나지 못할 수도 있을 것이었다.

57

나 자신하고만 지내기 전의 시절, 지하철의 세 장면.

어느 젊은 엄마가 갓난아이와 커다란 유모차를 들고 러시
아워의 혼잡한 계단을 올라가다가 아기 장난감을 떨어뜨린다.
그 장난감은 계단의 맨 아래에 가서야 멈춰선다. 아무 말도 없
이, 최소한 네 사람이 달려 내려가 그 장난감을 집어다 준다. 모
르는 사람이 봤으면 돈다발이라도 되는 줄 알았을 거다. 친절함
이란 그렇게 두드러지게 눈에 띄는 것이다.

공사장 인부가 선로 맞은편 타는 곳에서 재채기를 한다.
내 옆에 있던 누군가가 "블레스 유"(몸조심하라는 의미로, 누가 재

채기를 하면 "God bless you"라고 한다—옮긴이)라고 소리를 지르자, 인부가 헬멧을 살짝 들어 답례한다.

키가 큰 사내가 월스트리트 정류장에서 올라타 내 맞은편 자리에 앉는다. 사내는 내가 피아노 카드를 들여다보고 있는 모습—나는 아직 음계를 외우려고 애쓰는 수준이다—을 보고 그게 뭐냐고 묻는다. 그는 코스타리카에서 살던 어린 시절, 어머니 때문에 피아노를 쳤다고 한다. 지금은 은행에서 일하고 있다. "그만두지 않았더라면 좋았을 텐데 말이죠." 사내가 후회하며 말한다. 사내는 내 통통한 손가락과는 달리 손가락이 길어서 괜찮은 피아니스트가 될 수도 있었을 것 같다.

사내는 내가 한쪽 어깨에 메고 있는 카메라를 본다.

나는 그와 거의 동시에 "사진 좀 찍어도 될까요"라고 말한다. "초상 사진portrait이요."

설득하는 데 시간이 조금 걸리지만 사내는 결국 동의한다.

우리는 내가 내리는 역에서 같이 내려서 짧은 블록을 몇 개 걸어 내 아파트로 간다. 앉아 있던 시간은 무척 짧다—십 분도 되지 않았을 거다. 사내는 아내와 아이들이 있는 집으로 돌아가야 한다.

"이런 일은 처음이에요." 사내가 아파트를 나서면서 내게 말한다.

"그럼, 왜 했어요?"

"왜냐면 절대 안 하는 종류의 일이니까요." 그가 말한다.

지하철에서 만난 사내
2015년 6월

58

"등산해본 적 있어?" 올리버가 느닷없이 묻는다. 침대에 같이 누워 있다가, 아무런 맥락도 없이.

한 십여 년 전, 우리가 같이 살기 시작한 지 얼마 안 된 때의 어느 나른한 오후였다.

기억을 해내려고 애써보는데, 그 질문에 대답하려다보니 살아오면서 내가 해보지 못한 모든 것들, 아직 하지 않은 것들, 미뤄둔 것들에 생각이 미친다.

"아니, 한 번도 해본 적 없어요―산에는 한 번도 올라가본 적이 없어."

"해봐. 내 나이가 되면 내가 한 일 때문에 후회하진 않아. 안 한 것들 때문에 하게 되지. 그런 면에서 보자면 나는 범죄자야."

나는 그의 이마에 입을 맞춘다.

"그 말 기억할게요, 늙은 범죄자."

패닉/돈 패닉
2020년 4월 14일

59

미국의 코로나 바이러스 확진자 수는 이제 백만 명을 넘어섰고, 최소한 6만8천 명—아마도 그보다 훨씬 많은 사람이 사망했을 것이다.

지역 뉴스는 끔찍하기도 하고 희망이 보이기도 한다. 뉴욕시의 하루 사망자 수는 3월 말 이후로는 가장 적은 226명을 기록했고, 이 숫자는 전체적으로 감소세다. 그렇긴 하지만 매일 200명이 넘는 사람들이 이 바이러스 때문에 목숨을 잃는다. 최소한 2만6천 명의 뉴요커가 죽었다.

사망자가 한 명이었던 때를 기억한다. 불과 두어 달 전이다.

정상 비슷한 상태로 돌아가기에는 아직 멀었다는 게 분명해 보인다. 5월 중순이면 끝날 거라던 봉쇄령은 6월 6일까지 연장되었고, 다른 사람들과 마찬가지로 나 역시 집 안에서 벽을 타고 있다. 하지만 동시에 나는 내가 가장 운이 좋은 사람들 중 하나라는 사실도 알고 있다. 내 머리 위에는 지붕이 있고, 냉장고에는 음식이 있고, 내 건강은 감사할 만한 상태를 유지하고 있다. 그러니 만약 이게 우리가 앞으로도 살아가야만 하는 방식이라면—마스크와 장갑을 끼고, 사람들과 접촉하는 일을 몇 달이고 포기하면서—어쩔 수 없는 일. 이게 우리가 살아가야 할 방식이다. 이 망할 놈의 산 너머에는 과연 뭐가 있는지 보고 싶다.

60

왜냐면 지금이 어떤지가 가장 중요하기 때문이다. 과거에
어땠던가 하는 건 지금의 뉴욕에서는 널 우울하게 만들 뿐이다.

61

오늘 오후 3시 4분.

제시에게서 문자를 받다.

"자기야."

"자기야." 나는 대답한다

"당신 꿈을 꿨어."

"그래? 기억나는 거 있어?"

"웃은 거. 섹스한 거."

"우리 맞네."

"웃으면서 잠에서 깨어났어."

"그런 얘기 들으니 좋네."

"그 느낌이 좋았어."

"나도 그런 꿈을 꿨으면 좋겠네." 내가 말한다.

트럼펫을 부는 젊은 사내
2020년 4월 30일

에필로그

나는 이 거리의 증인이 되고자 길을 나선다

　　코로나19가 쓰나미 만큼이나 사납게 몰아닥치던 3월 초, 나는 보고 듣고 느끼는 것들—주목하게 되는 것들을 기록하기 시작했다. 이 책은 금세 모양을 갖추기 시작했는데, 8주가 채 되지 않아 글을 쓰고 사진 찍는 일을 모두 마무리 지었다. 나는 이 위기가 시작된 초기의 나날들을 실시간으로 스냅사진을 찍듯 보여주고 싶었고 빠른 속도로 사라져가는, 내가 본 뉴욕의 기억을 남겨두고 싶었다.

　　그 초기의 나날들—불과 두세 달 전에 우리가 살았던—은 이미 꽤 오래전의 기억처럼 여겨진다. 지금 이 글을 쓰고 있는 동안 이 나라에서는 오랫동안 인정하지 않았던 국가적 차원의 체계적인 인종차별주의가 만천하에 드러나면서 격렬한 진통을 겪고 있다. 이 일은 5월 25일 조지 플로이드라는 흑인 사내가 많은 사람이 보는 가운데 미니애폴리스의 백인 경찰관들에게 끔찍하게 고문당하고 살해된 사건으로부터 촉발되었다.

불과 몇 주 전만 해도 주변이 너무나 조용해서 내가 사는 아파트에서 새가 지저귀고 나뭇잎들이 바스락거리는 소리를 들었다. 그러나 지금은 창문과 문을 닫아건다고 해서 막을 수 없는, 헬리콥터가 선회하는 소리, 사이렌 소리, 주유소에서 저녁 여덟 시 통행금지가 시작되기 전에 연료를 채우려고 서두르는 차들이 내지르는 경적 소리, 약탈을 피하기 위해 쇼윈도를 가리는 데 쓸 판자를 자르는 전기톱 소리 그리고 웅장하게, 한 목소리로 외치는 시위대—대개는 마스크를 쓰고 있고 그렇지 않은 이들도 있다—의 함성 소리에 둘러싸여 있다. 시위대들은 몇천 명이 대오를 지어 8번 애비뉴를 올라가면서, 14번 스트리트의 교통을 막아서면서 외친다. "누구의 거리인가? 우리의 거리다!" "지금 당장 정의를!" "흑인의 목숨도 소중하다! 흑인의 목숨도 소중하다! 흑인의 목숨도 소중하다!"

느닷없이, 어디에서나 경찰이 눈에 띈다. 그들은 진압봉과 수갑 대용 케이블 타이 등을 지닌 채 자전거를 타고, 혹은 걸어서 돌아다닌다.

별빛이 떠난 거리

나는 눈물이 가득 고인 눈으로 제시에게 문자를 보낸다.
"넌 나한테 소중한 존재야—이걸 잊지 마."

"사랑해요." 그가 답문자를 보내온다.

나는 카메라를 들고, 마스크 하나는 쓰고 하나는 손 세정
제와 함께 주머니에 넣고 이 사태의 증인이 되고자 문을 나선
다. 불과 몇 시간이면 통행금지가 시작될 것이다.

별빛이 떠난 거리

1판 1쇄 찍음 2020년 9월 4일
1판 1쇄 펴냄 2020년 9월 15일

지은이 빌 헤이스
옮긴이 고영범
펴낸이 안지미
편집 유승재
디자인 안지미 이은주
제작처 공간

펴낸곳 (주)알마
출판등록 2006년 6월 22일 제2013-000266호
주소 04056 서울 마포구 신촌로4길 5-13 (동교동) 3층
전화 02.324.3800 판매 02.324.7863 편집
전송 02.324.1144

전자우편 alma@almabook.com
페이스북 /almabooks
트위터 @alma_books
인스타그램 @alma_books
ISBN 979-11-5992-318-0 03840

이 책의 내용을 이용하려면 반드시 저작권자와 알마 출판사의 동의를 받아야 합니다.

이 도서의 국립중앙도서관 출판예정도서목록CIP은 서지정보유통지원시스템 홈페이지
http://seoji.nl.go.kr와 국가자료종합목록 구축시스템 http://kolis-net.nl.go.kr에서
이용하실 수 있습니다. CIP제어번호 : CIP2020034950

알마는 아이쿱생협과 더불어 협동조합의 가치를 실천하는 출판사입니다.

종이 표지_스노우화이트 250g/㎡ 본문_전주 그린라이트 80g/㎡